# 乡村夜晚的光

孙道荣◎著

北方联合出版传媒(集团)股份有限公司
万卷出版有限责任公司

图书在版编目（CIP）数据

乡村夜晚的光 / 孙道荣著. -- 沈阳 : 万卷出版有限责任公司, 2024.10. -- ISBN 978-7-5470-6604-1

Ⅰ . I267

中国国家版本馆CIP数据核字第2024E6Z150号

出 品 人：王维良
出版发行：北方联合出版传媒（集团）股份有限公司
　　　　　万卷出版有限责任公司
　　　　　（地址：沈阳市和平区十一纬路29号　邮编：110003）
印 刷 者：辽宁新华印务有限公司
经 销 者：全国新华书店
幅面尺寸：145mm×210mm
字　　数：200千字
印　　张：7.5
出版时间：2024年10月第1版
印刷时间：2024年10月第1次印刷
责任编辑：姜佶睿
责任校对：张　莹
封面设计：仙　境
版式设计：徐春迎
ISBN 978-7-5470-6604-1
定　　价：38.00元
联系电话：024-23284090
传　　真：024-23284448

常年法律顾问：王　伟　版权所有　侵权必究　举报电话：024-23284090
如有印装质量问题，请与印刷厂联系。联系电话：024-31255233

# 目录

## 第一辑 乡村的修辞

庄稼开花 /3

乡村的修辞 /6

水稻田里的秘密 /9

竹子都有一颗唱歌的心 /13

乡村夜晚的光 /17

竹管是水下山的路 /20

城里路与乡下路 /23

庄稼是村庄的风景 /26

向天开花，向地结果 /30

在乡道会车 /34

七八月自有答案 /38

父亲的脊梁和儿子的后背 /42

大地的味道 /45

## 第二辑　手指都是长着眼睛的

偷看洗澡的花 /51

看小孩子走路 /55

妈，你快点儿回来呀 /59

你踩疼了我的影子 /62

手指都是长着眼睛的 /66

拖着老爸不让老 /70

在行走中长大 /73

成长的秘密 /77

请你帮帮我 /80

改变世界的力量 /83

错过季节的西瓜秧 /87

还情 /90

留下一颗有尊严的种子 /93

## 第三辑　一季一动词

水的"n 种"接触方式 /99

人生有浅意 /103

落进水里的光 /106

一季一动词 /109

夏天是个拟声词 /112

风的样子 /115

唤醒花仙子 /118

像滑手机屏一样，滑一滑春天 /121

夏天的云 /124

高架路上的花 /128

冬天的树，穿上了白袜子 /131

一棵树的移植哲学 /134

倾斜六十五度的阳光 /137

## 第四辑 藏在米粒里的暖

你的手一搭，我就感受到了 /143

美德在民间 /147

藏在米粒里的暖 /150

你说实话，我不生气 /153

同学家，有藏书 /156

阳光给我披了件外套 /160

借来的日子 /164

悬在空中的疤痕 /168

世间最温暖的归途 /172

补丁里的体面生活 /176

老母亲的第一次 /180

和父亲坐一条板凳 /184

## 第五辑　"我"没有偏旁

涂一时之快鸦 /191

体内的小偷 /194

你被我磨光了 /197

圈不同 /201

爸爸的大鞋 /204

"我"没有偏旁 /207

我只能抓住生活中极小的一部分 /210

东西坏了修好它 /214

半称心 /218

一把起子的人生课 /221

树活树的，我活我的 /225

一碗面条的吃法 /229

# 第一辑
# 乡村的修辞

小时候,我愿意是地里的一棵庄稼;现在回乡,我仍然愿意是乡亲们口中的山药蛋,或者老南瓜。

# 庄稼开花

我认识的所有庄稼，都会开花。

村后的丘陵，一半种小麦，一半种油菜。冬天它们都是绿油油的，春风一吹，它们的样子就变了。油菜开花，热烈而奔放，黄澄澄一大片，铺天盖地，即使没有风，油菜花的香味，也会翻越一道道田埂，飘到村庄的上空。每一株油菜，都会开出无数的花朵，如果它被插在花瓶里，一株即成春天，但是，没有农人会折了油菜花回家，每一朵油菜花，都将成为一棵饱满的油菜荚，蓄满油菜籽。

热闹的油菜花，使旁边的麦子，黯然失色。但麦子也是开花的，它的花，细小，安静，多呈乳白色，或米黄色。不用三五天，我们就能看见麦穗，从麦棵子里拔节而出，穗亦花朵，只因它不像别的花那么张扬，一瓣一瓣地盛开，麦子的花，往往被人忽视。麦穗初呈绿色，继而金黄，它的芒须须向上，若刺向天空的利箭，如果不是沉甸甸的麦穗束缚了它，它定能万箭齐发，射落天上的星辰。

　　与麦子一样，水稻的花，也细碎而低调，它们掩在稻叶间，像羞涩的村姑们，她们的美，只掩没在农活儿和针线之中。水稻抽穗，灌浆，水顺着稻秆爬上来，催它开花，它就开了，一粒粒，一穗穗，小而碎，白而香。稻穗与麦穗的区别就在于，稻穗的清香是稻壳掩藏不住的，而麦子的香，唯有在它被磨成白白的面粉时，才全部散发出来。

　　我奶奶的菜园子里，更是繁花盛开。辣椒的花是米白色的，它结出来的辣椒，却先青后红。一个辣椒，在枝头挂的时间越长，就会越辣，连周边的空气都变辣了，人站在旁边，能被它辣得流出一滴滴泪来。黄瓜的花是黄的，西红柿的花也是黄的，它们有时候纠缠在一起，让你分不清，哪朵黄花是西红柿，哪朵黄花是黄瓜。但没关系，过不了几天，它们就会自己区分开来，是西红柿的花，它就结一个红红的西红柿，是黄瓜的花，它就结一根青青的黄瓜，它们从不会出差错，从不会混淆。南瓜的花，也是黄的，像个喇叭一样，整日对着天空歌唱。一定是它唱的歌特别好听，到了秋天，土地就让它结成一个硕大的南瓜，比一百个西红柿还大。同样的黄花，结的果不一样，大小也迥异，我奶奶的菜园子，真是奇妙得很。

　　当然，比南瓜更奇妙的，还是西瓜。它的花并不大，也是白色的，比辣椒的花大不了多少，但它结出的西瓜，却能比我们的肚皮还要大，还要圆。我们村的老头儿们，就喜欢屈起中指，一边弹西瓜，一边弹着我们这群光着腚的小孩子的大肚皮，都砰砰有声，这声音能让这些老头儿们皱巴巴的脸，瞬间乐成一朵朵花来。

　　最有意思的，还是花生的花。它的花是黄色的，若米粒，在枝叶间绽放。阳光照耀着它，夜露滋润着它，蝴蝶绕着它飞舞，它享受着身为一朵花应有的荣誉和快乐。但是，与别的任何花都不一样，它不会迷恋这一切，它听见了大地的召唤，很快，它就会低垂下脑袋，谦逊地向着身下的土壤。它慢慢垂挂了下来。这不是它的枯萎，不，它只是要重回大地。不管它曾经盛开在多高的枝头，不管它曾经多么灿烂，它都一定要回到大地。在它下垂的过程中，身后会拖着一根白白的须线，那是它和花生株的连线，那是它与母亲紧密相连的"脐带"。它的花瓣，终于触碰到了土地，它一头扎了进去，义无反顾。在我认识的所有的庄稼中，唯有花生的花如此谦逊，如此执着，向天开花，向地结果。

　　它们都是庄稼，它们也开花，花亦美艳，却并不以开花为美，亦从不以花示人。它们之所以开花，只是为了结果，以果实回馈大地，以及耕耘它们的人。每年春天，都会有很多人，来到郊野，寻访油菜花，这恐怕是以花之美吸引来的唯一目光。而在我的乡亲们眼中，所有的庄稼开的花都一样好看，让他们欣喜，因为，每一朵花，都将结果。而这，亦是我所期待的。

## 乡村的修辞

村里识字的人不多。他们说话，喜欢直来直去，又带着浓重的乡音，显得很土气。但他们也会不自觉地使用一些修辞。

最擅长的，是打比方。一个事情，说不清楚，又找不出更恰当的词，他们就打比方。

比方说一个人瘦。他们不会瘦削这个词，更不懂成语瘦骨嶙峋，怎么办呢？他们就打比方。说一个人瘦，瘦得跟麻秆儿一样。麻秆儿是我们乡下常见的植物，秆子又高又细，连枝叶也是细细长长的。风一吹，就东倒西歪，站立不稳。那时候人大多都瘦，但能瘦得跟麻秆儿一样，那是真瘦，瘦得人心疼。但即使是麻秆儿，也有高矮，也分胖瘦。我们家邻居小黑子，在我们这群孩子中，个子最高，也最瘦，村里的老奶奶们就说他是麻秆儿王。我们看到小黑子，就像看到最高的麻秆儿在走路。我们在地里看到的最高的那个麻秆儿，就像黄昏的时候，总是在村头张望，等着他爹娘收工回家的小黑子。

我们村里的人，总是拿他们最熟悉的事物来打比方。还有什么东西能比庄稼更让他们熟识的呢？因而，我的乡亲们，最喜欢拿庄稼来打比方。

麦子是我们那儿最常见的庄稼。说一个人小心眼儿，村民们会说，心眼儿小得麦芒都穿不过去。又觉得这个比方怪对不住麦子的，赶紧补救一下，说一个人心细，也用麦芒，心细得跟麦芒一样。村西头是一大片水稻田，稻米是我们的主粮，我们都无比热爱水稻，夸一个人成熟、稳重、谦逊，我们就说他跟八月的水稻一样，稻穗熟了，才低着头，没有架子。谁家的孩子不争气了，水稻田里也有现成的拿来打比方，我们不骂他败家子，只需喊一声，你这个稗子。被斥责的人，顿时蔫了。稗子长得很像水稻，但却是稻田里最讨厌的杂草，谁愿意做一棵稗子啊？

我们村里的人，夸一个小姑娘长得水灵，脸蛋红扑扑的，就说她长得跟西红柿一样。夸小伙子力气大，废话不多，干活儿又肯卖力，就说他跟山药蛋一样。山药蛋是我们那儿的土话，说的是马铃薯，那可是饥荒岁月活命的粮食，山药蛋耐活，一窝一窝的，又大又圆，看了就让人心生欢喜。对调皮的小孩子，我们喊他小猴子，或者小牛犊，都是我们喜欢的小动物；对令人尊敬的老人，我们就喊他老南瓜。老南瓜的皮皱巴巴的，样子沧桑，到了冬天，家家户户都会在房梁下挂几个大大的老南瓜，老南瓜放的时间越长，口感就越糯，滋味就越甜，像极了我们村里的老寿星们。

生活越过越好了，我们就说像芝麻一样，一节比一节高，一天比一天好。日子甜了，我们就说像吃了个大西瓜，甜到了心底；

7

日子苦一点儿，我们也不怕，再苦，不过跟苦瓜一样吧。看到天上的白云，那是真白啊，真柔啊，真美啊，我们就说它是开在天上的棉花。如果是乌云，带来了风，带来了雨，我们也喜欢，我们就说跟捅了马蜂窝一样，黑压压一片；如果接着是倾盆大雨，我们就说天跟漏了一样。

如果你来到了我的家乡，如果你走到田间地头与乡亲们聊天，你未必能听得懂我的家乡土话，没关系，只要乡亲们是拿任何一个庄稼来给你打比方，那一定是认可了你、夸你、赞美你呢。他们不善言辞，找不出适合的优美的词汇，他们就朴素地用他们最热爱的庄稼，来表达他们的情感。

小时候，我愿意是地里的一棵庄稼；现在回乡，我仍然愿意是乡亲们口中的山药蛋，或者老南瓜。

# 水稻田里的秘密

庄稼地里都有秘密。

一块地,我奶奶种下花生,它就长出花生,撒一把芝麻,它就长出芝麻。这不是秘密,说明庄稼地很诚实,你种什么,它就长什么,也让你收获什么。但我在棉花地的一个角落,偷偷埋下了几颗西瓜子,其中的一颗瓜子发芽了,这就是秘密,是我和棉花地共同的秘密。那些棉花苗,和西瓜苗看起来差不多,但棉花苗长得更快,而且它是往上长的,很快个头就比西瓜苗高了,棉花苗帮我掩盖了这个秘密。西瓜苗长出的是西瓜藤,贴着地面跑,它差不多要跑出棉花地了,这会让人发现的,我一把将它揪了回来,让瓜藤的头,向着棉花地的深处。它一次次试图往外跑,都被我一次次捉了回来。长大了我才知道,比它高的棉花,挡住了它的阳光,它是想出去透口气,晒晒阳光呢。

等到棉花开了一次花,我的西瓜也开花了,它们又同时结果了。棉花结的是棉铃,西瓜结的是西瓜。等到西瓜比棉铃还大,棉铃不高兴了，啪的一声，气得炸开了，炸成了一朵白白的花。西瓜一日日长大。可惜天气很快就凉了，我的西瓜也长不动了，只有碗口那么大，比村里西瓜地里的西瓜，小多了。我摘回家的时候，我奶奶一眼就认出来了，这是棉花地里结的瓜吧。她早就知道了这个秘密，难怪她给棉花地锄了三遍草，西瓜藤还能安然无恙。

水稻田里有更多的秘密。

一块水田，没有插秧苗的时候，只是白花花的一片水，啥也没有，更别说什么秘密了。但一旦插上稻秧，秧苗成活了，青翠一片，水稻田就热闹起来了。

最多的，是青蛙。它们原来都藏在稻田附近的水塘里，那里是它们的老家。等到池塘边的水稻田都变得绿油油的，它们就搬家了，一个个从水塘里爬上来，扑通扑通地跳进稻田里。村里的很多年轻人，也跑到遥远的城里去了，城里的楼房，跟稻田里的秧苗一样，又高又密，且不断地往上生长。稻田里有青蛙们爱吃的小虫，永远也吃不完，稻田里的青蛙们从此"衣食无忧"。吃饱了，它们就呱呱地鸣叫，唱着爱情。我们放学了，路过水稻田，眼尖的看见了一大群游动的黑影，不用猜，那是青蛙们爱情的结晶——小蝌蚪。这要是被偶尔来乡下走亲戚的城里孩子看见，定要捉几只回家去养。被抓到城里的小蝌蚪，还能不能长成青蛙，我不知道，但我从小就知道，青蛙是捉害虫的能手，我们不会捉它们。等到这些小蝌蚪都长成了大青蛙，稻田里就是真正的蛙声一片了。哪个夏夜，我们不是摇着芭蕉扇，枕着蛙声入梦的？哪个农村的孩子，不是被蛙声催促着长大的？

一场大雨后，水稻田里来了更多的客人。水稻田比旁边的水塘高，那么多的雨，落进稻田里，稻田很快就满了，大人们拿把铁锹，将稻田挖几个缺口，让多余的水，流进池塘里。这几个缺口，仿佛一扇扇诱惑之门，勾起了池塘里众鱼的好奇心。它们迎着水流，刺溜地向上蹿，逆流而上，去寻找比池塘更好玩更广阔的天地。稻田是什么呀？那一排排、一行行、一列列的水稻，构筑成了一个巨大的迷宫。兴奋的小鱼们，在稻株间穿梭、游玩、嬉戏，很快它们就会发现，自己迷路了，再也找不到回到池塘的路。这时候，就该我们这群光着腚的孩子出场了。不用鱼叉，也不用网兜，一双手即可，看到鱼的脊梁背，双手左右包抄，一捧一个。不甘心的鱼，在水稻田里仓皇逃窜，它们不知道稻田里的水终究是浅的，根本藏不了身，再说，它们逃走时的水花，出卖了它们。大雨之后的水稻田，成了我们快乐的捕鱼场。青蛙们吓得噤了声，不是跳着逃开，就是藏在稻棵子旁，一动不动。等我们满载而归，稻田里才会再次响起青蛙们的呱呱声，这次它们不是歌唱爱情，一定是在用"蛙语"，责骂我们这群淘气鬼吧。

　　家里养的鹅和鸭，也想去水稻田玩一玩，捉捉迷藏。鹅不能放到水稻田去，这些蠢笨又贪吃的大头鹅，看到绿色的青草，就想啃几口，它们并不知道水稻是庄稼，不是青草，是不能吃的。隔壁小黑子每次放鹅回来，赶着鹅群经过水稻田，已经吃饱的鹅，还会一伸脖子，卷几根水稻叶，用竹竿赶也赶不走。路边的水稻都矮了一大截儿，就是被小黑子家的鹅偷吃的。但是鸭不一样，鸭子不吃草，它对稻秧一点儿也不感兴趣，但是，水稻田里，却有它最爱的小螺蛳、蚯蚓什么的，有时候，还能捉一两条小鱼小虾，打打牙祭，如果运气好的话，甚至能捉住一条小泥鳅，那就是开大荤了。鸭子们一旦进了水稻田，就将扁扁的嘴巴插进水里，像个梳子一样，一边往前跑，一边将水里、泥里能梳出来的食物一网打尽。水稻已经长得很高了，你根本看不见鸭子在哪里，没关系，你看见一排水稻像赶着浪一样，摇摇晃晃地往前，那就是鸭子在奔跑。鸭子自己不知道，它是稻田里的好帮手，它的嘴巴和鸭掌，帮水稻松了土，它随吃随拉的粪便，成了水稻的营养。

等到水稻抽穗、灌浆，鸭子也不能放进水稻田了，鸭子不吃稻叶，却会偷吃还没饱满的稻米。再说，这时候，水稻也不再需要更多的水分了，稻田的四周，都开了缺口，将稻田里的水放干，没逃走的鱼，会因干涸而死。青蛙也暂时告别稻田。稻田由青而黄，一直努力向上长的稻株，这时候，也慢慢地垂下它们谦逊的脑袋。现在，水稻田将展现它最大的秘密，它在等待镰刀，它将在晒谷场上，铺开一地的金黄。

那是大地和生命，生生不息的秘密。

# 竹子都有一颗唱歌的心

乡下堂哥喜欢吹笛子。

笛子是他亲手做的，他家院子里有一簇竹子，取最直的那棵，锯断，只用中间的四五节，直，竹节也均匀，是做笛子的好材料。难的是把中间的竹节打通。堂哥有足够的耐心。白天要跟着父母下地干活儿，他就晚上做。那时候乡下还没有通电，又舍不得点煤油灯，他就在院子里，借一点儿月光，用凿扁的粗铁丝，慢慢向里挖。月光见他勤奋，帮他照亮手上的竹子，一定还借了点儿光给铁丝的头，让它能在黑暗的竹筒中，看见前方的路。也许要从上弦月，一直挖到下弦月，他才能将整个竹节挖通并打透。他竖起竹子，向着月亮，他照见了月光，通透，明亮，不毛糙，没有一丝的毛边，这说明他的手工做得可真好。如果这天是满月，那就更好了，圆圆的竹筒里，装着一个圆圆的月亮，他看见了月亮的脸，而月亮也看见了这个乡下少年清澈的眼睛。它们都是乡村夜晚的光。

我一直相信，堂哥自己做的笛子，之所以能吹出那么好听的曲子，一定是因为他的笛子，是被月光照见过的。月光有多明亮，他的笛音就有多清脆；月光有多妩媚，他的笛音就有多婉转。

接着是挖笛孔。一个，两个，三个……一共挖了十二个孔。为什么不是十一个，也不是十三个？我不懂，村里也没人懂。村里只有堂哥一个高中生，比生产队的会计文化还高。那他愿意挖几个孔，就挖几个呗，反正是他自己吹，能吹出声音就行。村里的婶，都觉得这娃书固然是念得多，却没能继续念下去，算是白念了。连他娘都觉得自己的娃，念书念出魔怔了。直到我们听到了笛音，从他家院子里怯怯地飘出来，村头的老槐树，还有全村的人，都打了个激灵。我们那个村庄，平时除了狗叫声、鸡鸣声、娃的哭闹声、张家的婶和李家的婆斗嘴吵骂声、生产队长吆喝大家出工的声音以外，似乎就没有更多的声音了。堂哥的笛声，是个异音，很长时间，村里人的耳朵，是既欢喜，又不适应。

而我更感兴趣的，是堂哥给他的笛子贴膜。膜是竹膜，乳白的，薄薄的，像蜻蜓的翅翼。他撕下一片竹膜，在舌头上沾了点儿口水，然后捏住两头，覆盖在第二个孔上，又用两只手往两边拉，将膜拉平整，压实。他专注地贴膜的样子，就跟他以前趴在石凳子上写字时一样。才回乡半年，堂哥的手，已经长满老茧，看起来跟他爸的手一样粗糙。这双一直拿笔写字的手，曾经比村里最俊俏的姑娘的手还要细腻呢。我好奇为什么别的孔就不贴膜呢，偏偏只堵它？堂哥笑着说，它本来就是膜孔啊，有了它，笛子吹出来的声音，音色才亮，音质才好。

我对这个贴了膜的孔，充满了好奇。你看看，堂哥吹笛子时，哪根手指一松,就从那个孔里飞出来一个音,那些孔里,仿佛都住了一只会唱歌的夜莺,一抬头,就给你放出一个好听的音。那个孔却从不出声,像堂哥在地里干农活儿时,别的人都有说有笑,只有他默不作声,只顾埋头干活儿。但我看到了它的轻微的颤动,每次堂哥向最上面的笛孔里吹气,那些气流就顺着笛管流淌,路过了它的家门口,它不堵它们,也不放出它们,只是微微一颤,那些气流就变成了好听的声音,婉转直下。

有一次,我看见堂哥又折断了一根竹子,我以为他又要做新笛子了。他摇摇头,膜用完了。这根竹子,可惜不能做成笛子了,但它将它的膜,都献了出来。我第一次看到了竹子里面的膜。它是竹子的内衣。堂哥用针尖轻轻挑起一端,轻轻捏住,一撕,一揭,一片完整的竹膜,就被取下来了。它薄得像丝,柔软如绸。那是我小时候在乡下见过的最柔软、最好看的东西。看到竹膜的那一刻,我明白了一根竹子为什么可以在堂哥的手里变成笛子了。我也明白了为什么竹子拔节时,声音也那么清脆好听,竹子天生就有一颗唱歌的心呢。

我考上大学时,堂哥送了我一根笛子,也是他亲手做的。他是我们村的第一个高中生,而我是家族里的第一个大学生。那天,堂哥喝多了,临别时,他一直拉着我的手,眼里闪着光,像贴了一层膜似的。

后来,听说他组了个小乐队,专门为乡邻办红白喜事。我以为他自己是在乐队里吹笛子,有一年春节回乡遇见他,他笑着说,他早改吹唢呐了,那玩意儿音量大,洪亮又喜庆,乡亲们喜欢。至于笛子,那是自己闲暇时吹着玩的,唢呐才是生活。倒是乐队里的女鼓手，喜欢他吹笛子的样子，嫁给了他，成了我的堂嫂。

　　远离家乡后，我回乡的次数少了，与堂哥也慢慢不怎么联系了。去年，妹妹从老家来，带了一些新鲜的番薯来，说是堂哥特地送到家里的。我问堂哥近况，妹妹说，他还是那个样子，唢呐也吹不动了，现在就是种点儿地。我问妹妹，那他现在还吹笛子吗？妹妹想了想，好像也很久没听到他吹笛子了，村里大多是老人和孩子，手机里好听的东西多着呢，嫌他的笛声烦，他也就不吹了。妹妹说，堂哥挺不容易的，把三个娃，一个个送进了大学，现在几个堂侄，也都在外地工作成家了呢。

　　这真是一个值得欣慰的消息。我的堂哥，他一直是我记忆里不一样的一缕乡音呢。

# 乡村夜晚的光

乡村的夜晚，比城里黑。

城里，只有光照不到的角落，才是黑的。这样的角落已经不多，人们试图用各种灯光，将整个城市点亮。也许他们有太多的事情要做，阳光照亮的白天已经不够用了，他们就将夜晚点亮，亮如白昼，以便继续他们的工作。乡下不一样，你难以在漆黑的夜晚侍弄庄稼，锄草的锄头，可能伤了庄稼。到了晚上，他们就上床睡觉，在黑暗中聊聊农事，也可能是家长里短，聊到瞌睡虫跟夜色一样钻进他们的身体，他们就躺下，入睡。说睡就睡着了。

村庄也跟着入睡了。乡下人没有开灯睡觉的习惯，他们也从不惧怕黑暗，就连村庄里为数不多的几盏太阳能路灯，到了晚上十点，也准时关闭。在黑暗中人睡得踏实，家畜也喜欢在黑暗中睡觉。如果亮着灯，负责打鸣的公鸡，恐怕整夜都睡不好觉，它会一次次以为天亮了，而自己却忘了打鸣，这会让一只公鸡惭愧到失眠。如果你在黑暗中听到了狗叫，不是它听到了什么动静，就是它看到了什么来历不明的光亮，黑夜里的光亮和声音一样，都让一条土狗警觉。

乡村的夜晚，漆黑一团。这是让农人和家畜家禽们都安心的一种黑暗。千百年来，他们早就习惯了这样的夜晚，这样的黑。

但乡村的夜晚，也是有光的。

每个月，总有那么十来天的夜晚，是有月光的。有时候，天还没黑，月亮就挂在半空了，它从太阳那儿借来一点儿光，照亮乡村的夜晚。也有时候，月亮到了后半夜，才悄悄地从云层后面钻出来，将它银白色的光，洒满沉睡中的乡村。这样的月光，还特别喜欢从窗户潜进农屋中，偷听农夫的鼾声，睡不着的月亮，在农夫的鼾声中有了睡意。它蹑手蹑脚，一寸寸地往边上的黑暗慢慢靠近，它也知道，是自己的光，使自己睡不着呢，就像那些在月光下思乡的人一样。

星星是乡村夜晚最亮的光。城里的人，已经看不到星星了，城里的灯光，让星星失了色，失望的星星，全跑到了乡下，只挂在乡下人的头顶，你在乡下的任何一个地方，抬头就能看到它们。越黑的夜晚，天上的星星就越亮。如果是夏天，农人和他们的孩子，并不急于回屋睡觉，他们躺在院子里的竹凉床上，数天上的星星，就像数着地里的庄稼。还没有一个人能数得清地里的麦粒，也没有一个人能数得清天上的星星。有什么关系呢？收割时，麻袋能数清今年的收成，就像做梦的孩子能数清星星一样。

说到庄稼，它们也是有光的呢。一个路过的外乡人，他在夜晚看到的庄稼地，是黑魆魆一大片，风轻点叶片时簌簌的声音，甚至会令他心生恐惧。但庄稼地的主人，不会害怕自己的庄稼，也不会惧怕躲藏在庄稼地里的黑暗，他能看得见自己庄稼的光。西瓜是有光的，它圆圆的脑袋，像他儿子的小脑门一样，总是闪闪发亮，惹他怜爱；麦芒也是有光的，他在夜晚可能看不清麦粒，但能看见一根根麦芒，藏纳了太阳的光，它向上，如针，刺穿夜色；如果他是趁着夜晚的清凉，给水稻田灌水，水流进稻田，泛着粼光，即使再黑的夜晚，他也必能看得清那些谦逊的稻谷，因为水的滋润，以及他的照顾，而低垂下的稻穗，是一道道金色的光，微弱，却能照亮黑夜中的乡村大地。农人知道，所有的庄稼，都在白天吸纳了足够的阳光，它们才能在夜晚，也散发出自己的光呢。

晚上还在村里溜达，不肯回家的狗，它的眼睛是一道光；安静的池塘里，一尾鱼忽然跳出水面，水泛起涟漪，波光粼粼，水里有光；村口的老槐树，在月光下，爆出了一树的白花，它的香气，是黑夜也遮不住的白光；谁家的屋里还亮着灯，也许是农人挑灯苦读的孩子，也许是要去城里卖菜或打工而早起的人，如豆的灯光，从窗户或门缝钻出来，照亮屋前的小路。

是的，漆黑的夜晚，漆黑的乡村，也到处是光呢，这光，微弱，却遍布乡野，让人心怀温暖和希望。

# 竹管是水下山的路

水下山的路,有千万条。

落在平地上的水,容易失去方向,不知道该往哪儿去,需等到更多的水,水站在水的肩上,层层叠叠,最高处的水,看到了远处的低洼之地,挤挤挨挨地涌过去。雨落在山顶,落在山坡,就不一样了,四面八方,都是它下山的路。它往哪个方向走,一路都能遇到它的兄弟,结伴,唱着水的歌谣,浩浩荡荡,往山下奔去。

哪座山都有路,有的路是人走的,有的路是兽走的,有的路是石头走的,有的路是风走的。水走了一段人走的路,嫌它弯曲,走不了几个石阶,它必漫出去,选择自己的路;水又走了一段兽走的路,坑坑洼洼,深一脚浅一脚,也不畅快;石头的路是蹦蹦跳跳的,而下山的水,与所有的水一样,喜欢流畅。水有自己的路,它想从哪里下山,就从哪里下山,你觉得没有路了,那正是水最自由的路。唯有山风,可以伴水一程。有时候,连风都过不去了,水还可以化成更细小的水滴，钻过去。

山上的水，不走寻常路。它可以沿着沟壑下山，也可以从断崖纵身跃下去，还能够从石缝钻进山的身体里，找到山的血管，成为一滴山泉，从山脚的某地，直接汩汩涌出来。

我在黄山脚下的民宿里，看到水的另一条路。

它是一条竹管，毛竹从中间剖开，竹节打通，往水的去处一放，成了水的另一条路。有的水不愿意走这条路，就从竹管的两侧，或者竹管的下面穿过去，这都没关系。水有自己的路，水有很多条路，它想从哪儿走，就从哪儿走。由着它。我只说说，从管子走的那些水。

它也许是落在山上的雨水。它落在岩石上，砸得岩石叮当响，即使最坚硬的岩石，里面也暗藏着水的路。那条路，隐秘，幽暗，深邃，肯定也逼仄，我们看不见，但一定有几滴水，润了进去，更多的水，从岩石上披下来，像散着的春天的秀发，成一条条线。它落在松针上，松针每天扎风，扎一个个小窟窿眼，扎天空，也是扎出一个个小窟窿眼，松针的游戏枯燥而乏味，落在松针上的雨水，让松针兴奋得一激灵，它想和水玩出点儿新花样。如果是大一点儿的雨滴，松针只是它的滑梯，刺溜就滑走了，无踪无迹。但如果是毛毛雨呢？毛毛雨是毛茸茸的，即使光滑如松针，它也能依附上去，它集聚着，慢慢地向针尖滑，最后凝成一大滴，松针知道是留不住它了，任它落下去，森林里到处响起的啪嗒啪嗒声，就是雨滴和松针的话别，密密麻麻。还有落在茅草上的，落在野花上的，落在鸟翅膀上的，落在碎石里的，落在野兔耳朵上的……它们中的一部分留了下来，滋润山，还有山上的一条条生命，剩下来的水，全都往山下奔跑，其中的一小股，选择了竹管。

但民宿的主人告诉我，已经一个多月没有下雨了。山早渴得冒烟了。那从竹管上下来的水，是从哪儿来的呢？主人笑着说，人们看到的是山，却不知道，山也是个大水库，即使半年不下雨，它体内储藏的水，也足够那些顽皮的水钻出去，汩汩地奔跑。至少皖南的群山是这样。

皖南的山，都是绿的，这水就带了绿；皖南的天是蓝的，这水就掺了蓝；皖南的云是白的，这水就清澈，如镜。有意思的是，冬天的时候，它从竹管里跑过来，是冒着热气的，像那个奔跑的少年头上，袅袅升起的热浪；而到了夏天，奔跑也没能使它热乎起来，它是凉的，凉得能冰镇西瓜，比深井里的水还要解暑。

院子之外，我就听到了竹管里的水声。我不知道它是从山的哪一部分奔来的，就如它也不知道我来自哪里一样。我进了院子，主人给我打的洗脸水是它，我泡的第一杯茶是它，厨娘给我们炖的菌菇汤也是它。它从山上的某条路而来，我从通往山外的路而来。我们在皖南的一个农家小院相聚。

晚上，躺在阁楼里，我还能听到它的奔跑声，有时候是哗哗啦啦的，有时候又变成滴滴答答，它的奔跑，亦如山风微拂松针，窸窸窣窣，引我入梦。

# 城里路与乡下路

同样是路,城里的路与乡下的路,既一样,又不一样。

城里的路,是先铺好路,让人走,给车跑;乡下的路,是本没有路,走的人多了,才有了路。

城里的路,又宽,又直,又平坦;乡下的路,又窄,又弯,又坎坷。

城里的路,都划了界,人走人的,车走车的,不可逾越;乡下的路,不划界,人可以走,牛也可以走。城里的路,是车让人,这是对生命的尊重;乡下的路,是人让牲口,一条田埂上,你与一条拖着犁的耕牛相遇,你得给它让个道,这是对勤劳的礼让。

城里的路,是道路,也是分割线,路的这边是住宅,是学校,是菜市场,路的另一边是医院,是写字楼,是公园;乡下的路,路这侧是庄稼地,另一侧还是庄稼地,它们的区别可能仅仅是,这块庄稼地里种的是水稻,另一块庄稼地里栽的是玉米,或者这块地是你家的西瓜地,另一块地是老张家的菜园子。

城里的路，不是混凝土的，就是柏油的，不是铺砖的，就是垫石的，车走过没有辙，人走过不留痕；乡下的路，不管是长满了野草，还是裸露着黄泥巴，人走过留下人的脚印，兽走过留下兽的蹄迹，一清二楚。

城里的路，甭管宽窄，无论长短，都有一个名字，有了名字，就有了身份，你在地图上就能找到它；乡下的路，大多其实是田埂，无名无姓，无足轻重，村里的人如果提起它，也是谁家哪块地的西田埂，外人一头雾水，乡下的人自己明明白白。

城里的路，走的是南来北往的人，每天走的人都可能不同，而且你看看他们的脚下，不是皮鞋，就是球鞋，不是运动鞋，就是休闲鞋，都干净而体面；乡下的路，走的大多是本村的人，或邻村的人，而且，下地干活儿的时候，他们并不穿鞋，而是赤脚走在上面，路因而熟悉走在上面的每一只脚、每一只蹄，路给它们都留了号呢，让一只脚或一只蹄，正好落在昨天或更久前留下的印迹里。

城里的路，或南北向，或东西向，一条连着一条，四通八达，但也有死胡同，遇到无路可走的时候，你得学会掉头，掉头才有路；乡下的路，也是一条连着一条，你穿过了高粱地，就走到了棉花地，但遇到一座山，或者一个水库，路就到了尽头，你也须懂得拐弯，绕过去，就是一条新路。

你在城里走路，不认识路，或者迷路了，问路，给你指路的人，会告诉你，下一个路口左转或者右转；你在乡下走路，指路的人，没办法告诉你往哪个方向转，到处都是庄稼地，到处都是田埂，田埂连着田埂，他只能给你指个方向，往东或者往西，向南或者向北，一直走，就能走到你要去的村庄。

城里的路，你往任何方向，走着走着，就走到边缘了，走到郊区了，再往外走，那就是乡下了；反过来也一样，你出了村庄，往任何一个方向，沿着乡下的田埂，走过一块块庄稼地，走过一个个村庄，你走着走着，就走到城市的边缘了，你就进城了。

一座城市与另一座城市，总有一条路是相通相连的，它从一个城市钻出来，朝着某个方向，一直向前，向前，最终与另一个城市出来迎接的路相见相连，两个城市就紧密地连接在一起了。连接这两座城市的那条长长的路，是穿过乡下的，它在贯穿乡下的时候，像一棵大树的枝干一样，伸出无数的枝丫，每一条枝丫，又都与乡下的路相连。因此，它在串联起城市的同时，也将广袤的乡下，紧紧地联系在一起。

城里的路与乡下的路，因而有了联系，在有诸多不一样的同时，又有了很多相似和相同点。无论是城里的路，还是乡下的路，它们都连接一个个日子，连接我们柴米油盐的生活，并且都通往未来。

# 庄稼是村庄的风景

一帮城里人，驱车去乡下，看油菜花。到了油菜地，一看，油菜花大多已经凋谢了，只剩下一两株迟开的油菜花，孤零零地黄着。很扫兴，悻悻而归。

他们是专程来看油菜花的。最好是黄灿灿一大片；最好是梯田，油菜花层层叠叠；最好还下点儿毛毛雨，撑起花花绿绿的伞，与金黄的油菜花互为映衬。油菜花才是他们眼里的风景。现在却凋零了，结籽了，还有什么看头？

可扛着一把铁锹，在油菜地里穿梭的村民，弯腰看一眼油菜秆上新结的籽实，又直起腰，目光如风一样，将整个油菜地轻拂一遍，脸上浮起欣慰的笑容。他的眼里，这才是最好看的风景。

一个村民，他就不觉得油菜花是好看的吗？他当然也觉得好看着呢，没有花，哪有籽实？花开得越茂盛，才会结越多的油菜籽呢，也才越好看呢。去年冬天，油菜刚刚冒出嫩芽的时候，一大片黄土地上，点缀着星星点点的嫩绿，他就觉着好看；等到春风一起,地里的油菜铆足了劲儿往上长,将黄土完全遮掩,绿油油一片,他也觉着好看;油菜花开的时候,地上像铺了一层金黄的地毯,花香从四面八方涌入村庄,将村里的男女老少,都熏得醉迷迷的,还吸引了很多城里人来踏春、寻花,寂静的山村骤然热闹起来,他更是觉着好看;眼下油菜终于结籽了,再过半个来月,每一棵油菜荚,都跟去年冬天刚结婚的黑娃他媳妇一样,肚子慢慢隆起来,饱满起来,那就更好看了。

不独油菜花,庄稼地里的花多着呢。水田里,水稻会开花,萝卜、芋头也开花;旱地里,芝麻会开花,花生、玉米也开花。还有棉花,先开一次花,红的、白的、粉的,都有,好看着呢,等花谢了,结了果,果子再炸开,不管上一次它开的是什么颜色的花,这一次,它们开出来的,都是一朵朵洁白如玉的棉花。这么多的花,有的在春天开,有的在夏天开,还有的选择在秋天或冬天开,一年四季,庄稼地里,一定都有一种或很多种庄稼开花。与你种植在阳台花盆里的花不一样的是,这些花,不是为了让人观看才开的。它才不会为了取悦某个人的眼睛而盛开呢,它开花是为了结果,它是为了土地,以及那个浇灌和培育它的人的汗水,而绽放自己。对一个农人来说,自己的汗水开花了,能不好看?

在一个农人眼中,庄稼地就是村庄的风景。

地里种满了庄稼,绿油油,生机盎然,是风景;庄稼结籽了,枯黄了,也是风景;收割后的庄稼地,稻草堆成垛,麦秆被打碎了,又撒回地里,也是风景;你将土犁一遍,重新翻开,露出它本来的样子,就算什么都还没有种下,它还是风景;一阵小雨后,你将种子撒在新翻开的土里,种子还没有发芽,没关系,你种下了希望，它就是最值得期待的风景。到了冬天，大雪覆盖了田野，庄稼地也白茫茫一片，你看到的雪是风景，而一个农人，他想到的是积雪覆盖下的油菜或小麦的秧苗，被厚厚的雪温柔地包裹、呵护，他并不着急冰雪融化，在他看来，耐心的等待也是一种风景。你和一个农人看到的雪是一样的，但你们看到的风景，往往又是不一样的。

一块庄稼地里农人在播种，或者锄草；在施肥，或者浇灌；在捉虫，或者收割……他在庄稼地里，不管是蹲下还是弯着腰，不管是犁地还是挥镰，也不管是擦汗还是抬头看天，哪怕只是扛着一把铁锹或锄头，在庄稼地里走一走，他就是风景的创作者。只是他自己不会觉得自己成了风景，他只是成了庄稼地的一部分，他也成了风景的一部分。跟在大人后面的小孩子，他还远远没有到能干农活儿的年纪，他来到庄稼地，就是为了捉蜻蜓，或者跟在一只田鼠的后面追，又或者几个娃一起在刚收割过的庄稼堆里打滚、捉迷藏，他们也是庄稼地风景的一部分。一个乡村的孩子，从他出生那天，地里的庄稼听到了他的第一声啼哭，他也就是庄稼地的一部分了，一辈子不分离，就算长大之后，他去城里读书、参军或打工了，他也还是庄稼地的一部分。他的根在庄稼地，他就忘不了也离不开自己的根。

甚至村里的家禽家畜们，也是庄稼地的一部分。一头牛的一辈子，都是围着庄稼地的，它耕遍了每一块庄稼地，每一个土疙瘩里，都留着它的蹄印，地里的每一棵庄稼，都不会忘记它的辛勤耕耘，还有它总是热气腾腾的粪便。当然，庄稼地也从不会亏待一头老牛，它将稻草和一部分果实，回馈给它，一头老牛的反刍物里，一定深藏着庄稼地的味道和秘密。鸡、鸭、鹅和圈里的猪，没有多少机会去庄稼地，它们只在房前屋后玩耍，但它们的粪便，成了庄稼地最好的农家肥。地里的哪棵庄稼，没有听到过鸡鸣呢？那是它们听到的最多的乡音。狗就更不用说啦，只要小主人乐意，它愿意每天跟随他一起去庄稼地追田鼠，对着成堆成垛的庄稼，汪汪地吠叫，仿佛急于要把丰收的消息告诉全世界。

一个生气勃勃的村庄，是一道风景，一片种下希望生机盎然的庄稼地，也是一道风景，它们一起构筑了我们欣欣向荣的家园。

# 向天开花，向地结果

我的童年，是在奶奶的菜园子里度过的。

菜园子离村口还有两条田埂远。你如果是在乡村长大的，就会明白，远和近，村民都是用田埂计算的。有的田埂长，有的田埂短，田埂怎么能做标准？但你说两田埂远，村民都明白，耕牛也明白。离村最远的地，一般不会超过十个田埂，之外，就是别村的地了。两田埂的距离正好，奶奶偶然烧鱼，让我去菜园子里摘几片大蒜叶子，我出门的时候，鱼刚下锅，我去菜园子里摘了几片大蒜叶子回来，鱼也炖好了。奶奶用手将大蒜叶子撕成碎片，往锅里一撒，家里就都是混合着大蒜和鱼的香味了。

奶奶的菜园子不大，还不规则，这样的一块地，你用来种番薯，种不了几垄，用来栽棉花，棉花长大了，枝叶繁盛，也栽不了几棵。种菜却是正好。方方正正的地方，可以栽白菜，或者芹菜，一排排，一行行，整齐，葱绿，真好看。边边角角的地方，也不会闲着，一个角栽几棵辣椒，另一个角，栽几棵西红柿，靠近田埂的地方，栽一排豇豆，或者黄瓜，砍几根荒坡上的野竹子，往边上插成一排，让豇豆或者黄瓜的藤往上爬，用不了几天，它们就能给你爬出一堵绿墙来，为别的菜遮阳、挡风。

奶奶下地干活儿，我不愿跟去。麦地有什么好玩的？除了麦子，还是麦子。水稻田也很无趣，除了稻子，还是稻子。村里大片大片的地，都拿去种庄稼了，玉米、水稻、小麦、棉花。只有这些地的边角料，分给各家各户，做菜园子。因为爷爷和奶奶只有两口人，所以奶奶的菜园子，差不多是村里最小的，却也是村里品种最丰富的菜园子。你在我们村，或者附近别的村，别人家的菜园子里，能看到的菜，奶奶的菜园子，都有。你从一户人家的菜园子，就能大致看出这家人的生活。那时候，人们一年也吃不上几次肉，是菜园子里的菜，养活了全村的人。奶奶的菜园子，养活了我的童年，也使我的童年，有了一点儿贫穷和苦涩之外的滋味。

如果你能像鸟那样，从村头的老槐树上飞出去，你绕着我们村飞一圈，你看到永远葱绿的那块巴掌大的地，就是我奶奶的菜园子。她从不让菜园子闲着，更不舍得让它荒芜。就算到了冬天，雪覆盖了光秃秃的大地，第一个从雪地里探出小脑袋的，一定是我奶奶菜园子里的大白菜，或者雪里蕻。一茬菜吃完了，我奶奶马上会将菜地翻耕一遍，种上别的菜。农村的地，都是用牛犁的，菜园子太小了，牛和犁，都转不了弯，无法用牛去翻耕，只能用铁锹，一锹一锹地，将地翻开。奶奶个头小，比铁锹的柄高不了多少，她用铁锹挖地，就显得别扭而吃力。我看到隔壁小狗子家的菜地，他妈很少翻地，只是用个小铲子，挖一个小坑，将菜种播下去。这省力多了。奶奶摇摇头,继续吃力地挖她的地。几天之后,奶奶菜园子里的菜,发芽了,小狗子家菜园子里的菜,也发芽了,一样嫩,一样绿,一样好看。但是,再过个十天半个月,你就看出区别啦,小狗子家菜园子里的菜,一棵棵都蔫不唧的,有气无力的样子,而奶奶菜园子里的菜,铆足了劲儿向上、向外,枝叶繁盛,郁郁葱葱。小狗子妈说,我长得比小狗子水灵,就是因为我奶奶菜园子里的菜,比他们家的菜水灵。

即使到了我奶奶这个年纪,也要下地干农活儿,挣工分。我说的农活儿,可不是菜园子里那点儿活儿,那不是真正的农活儿。白天的时间,大人们都得去庄稼地里干活儿,栽水稻,种棉花,给庄稼浇灌、除草,或者打农药。而侍弄自家的菜园子,只能是早上出工前,或者晚上收工后。我奶奶起得比村里任何一个农妇都要早,她也总是最后一个披着夜色回到村庄的。她把剩下来的时间,都花在了菜园子里。如果想找我奶奶,你就去她的菜园子。你看到她身边的那个小不点儿,就是我。

我喜欢蹲在菜园子里,看那些菜,它们很快都会成为我身体的一部分,它们滋养了我。我愿意学着奶奶的样子,给它们除草,松土,浇水。我特别喜欢那些开花的菜,茄子、西红柿、辣椒、黄瓜以及豇豆。只要开了花,它们就会结果,从无意外,也从不会让我失望。它们的花,不是白的,就是黄的,大多又碎又小,小心翼翼,似乎不敢盛开。这跟那些只为了开出好看的花的植物,是不一样的,它们开花,是为了挂果,从不会拿自己的花,去讨好一个人的眼睛。奶奶说,你看看这些花,都是向上开的。我一朵一朵地瞅,还真是这样,就算是从枝丫里横生出来,上面的叶子挡住了它，它也是努力地向上，张开它的花蕾。奶奶说，它是要看天呢，到了晚上，它也跟你们这些娃娃一样，数天上的星星呢。我从三岁数到了五岁，也没能将天上的星星数清楚，就连奶奶菜园子里的菜花，我也数不过来。但是，我数出了南瓜的花。它的花，大得跟一只喇叭一样，从藤蔓之间，昂着头盛开，有三朵是开在奶奶菜园子里的，还有五朵，跟着藤蔓跑到田埂上去了。田埂那头，就是村里的庄稼地了，村里的人每天从田埂上走来走去，他们不会踩着它。村里耕地的牛，也懂事地抬脚而过，不踩它，由着它到处爬，疯长。

到了秋天，菜地里除了青菜和芹菜，别的都被我们摘光了，南瓜的藤和叶子，也慢慢地枯萎了，但地里结出了几只硕大的南瓜。我不会忘记，它一共开出八朵黄花，应该有八个大南瓜才对啊。我只找到了七个南瓜。我将枯萎的藤蔓揪到一起，也没找到另一个南瓜。奶奶用筐挑了六个南瓜，我抱着那个最大的，回家。奶奶让我将我抱着的那个南瓜，送给了小狗子家，他们家那年没种南瓜。

多年之后，我再回到故乡，奶奶的菜园子，以及周边的几块地，已经围起来，建成了一家农产品加工场。加工场的围墙外，不知道谁种了几棵南瓜，宽大的叶子边上，开着好几朵黄色的花，向上，像朝天而鸣的喇叭，也有几朵花已经挂果，向下，隐在藤叶之中，像我记忆中的童年，像奶奶的菜园子一样。

# 在乡道会车

清明返乡扫墓。从高速下,入省道,十几公里后,转入县道。一路畅通。

从小镇出来,再有三四公里,就到我老家的村庄了。这是一条乡道,小时候,我无数次从这条路上走过,去镇上的学校上学,或赶集。那时候,它还是一条简单硬化的碎石子路,走在上面,鞋底薄的话,硌脚,如果你是骑自行车,则一路歪歪扭扭、蹦蹦跳跳,快不起来,还特别费轮胎。有时候还会将路上的石子磕飞,吓在荒地上埋头吃草的老牛一跳。现在,路况已经好多了,铺成了水泥路,只是有点儿窄,仅能容一辆车通过,对面忽然来了车,会车就成了问题。

开车的妹夫说,不怕,有办法。他经常开车下乡,常走这样的乡道。

正说着呢,前面就来了一辆车,是农村常见的那种三轮的车。妹夫放慢了车速,往右侧打方向,贴着马路牙子。那辆三轮车也往它的右侧靠了靠，两辆车交会，几乎是车身贴着车身，惊险而过。

　　转个弯，对面来了一辆拉货的农用车，突突突的，坐在我们车里，也能听见它沉重的喘气声。与这么一个大家伙，在这么窄的乡道上，可怎么错车啊！妹夫再次放慢了车速，缓缓前行。农用车司机显然也看见了我们，它也放慢了车速。但两辆车，还是在慢慢接近。我看见妹夫的目光，飞快地扫向两侧，在我们左前侧不远处，有一条小岔路，妹夫说，我们只能在那儿会车。我有点儿疑惑，那条岔路比我们这条乡道还要窄，别说农用车，就是我们这辆小车，也开不进去啊。妹夫说，不用开进去，那条小路与我们这条路的交叉口，有一个小平台，农用车只要贴着平台往边靠，就能给我们这边让出一点儿空，我们就能开过去。我有点儿担心，农用车要是不往那边靠，两辆车就顶住了，谁也过不去。果如妹夫所料，农用车司机好像也看到了那个岔路口、那个小小的平台，它加了点儿速度，突突突地开了过去，到了岔路口，车头往岔路口那边插进去一点儿，然后，停了下来。等我们驶到它身边，车头慢慢开了过去，只见农用车启动，一把方向，车头别回来，车尾巴甩了个弧线，车后身又让出了一点儿空间，我们的车就贴着农用车，开了过去。完美地会车。

　　这真是一次惊险的会车，我对妹夫的车技大为赞赏。妹夫笑笑，说不是他车技有多好，而是对方为我们让道了，它如果不往那个岔路口里面靠，我们根本无法错车，那就谁也开不过去。妹夫说，在乡道上开车就是这样，对面来车了，双方都会提前看一看，谁的一侧有空地，可以靠边停一停，谁就会主动并尽量地往他那一侧靠一靠,以便对方能通过。不然,车头抵车头,路堵住了,谁也过不了。

正说着,远远地看见,对面又来了一辆车,一辆跟我们一样的小车。妹夫往前开了一段后,我们的右侧有一块帮衬出来的稍宽一点儿的空地,妹夫贴着马路牙子,停了下来。那辆小车驶到我们身边,车头贴着车头的时候,忽然停了下来,司机探出头,是个女的,她看了看自己车的位置,又看了看我们车的位置,伸出手,将左侧的后视镜,收了起来。妹夫也伸出手,将自己左侧的后视镜,折叠了起来,并向对方招招手,示意她,可以开过去。她缓慢地前行,与我们擦身而过。车开过去了,我听到从对方的车里飘来一声"谢谢",妹夫摁了一声喇叭回应。我们也起步,继续前行。妹夫说,其实刚才她完全可以不用收后视镜,就能够通过,估计她还是个新手,害怕擦着,所以,我也收起了后视镜,让她放心。

在与又一辆车会车时,司机告诉我们,前方堵车了,因为有两辆车互不相让,结果堵的车越来越多,已经彻底堵死,无法通过了,路窄,掉头又掉不了,他只好倒车,倒了好长一段路,才找到了一个可以掉头的地方。不过,好在前面已经能够看见我老家的村庄了,左转弯,进入另一条同样狭窄的乡道,就能进村了,前方的堵车,不影响我们。妹夫却在丁字路口,忽然停了下来。我往村庄的方向看去,原来,从村里驶出了一辆小白车。妹夫打开了左转灯。小白车应该是看见了我们的车,也看见了我们闪着的转向灯,它也打开了转向灯,是右转的。这样看来,它是要驶入我们这个方向。妹夫见到了对方的转向灯,将车又往前开出了一段，让出了路口。待那辆小白车驶过丁字路口，妹夫倒车，左转，进入通往村子的路。我对妹夫说："幸亏我们在这个路口停下来，等它通过了，我们再驶进来，不然，这条路上根本无法会车。"妹夫说："是的，我看见它已经驶出村庄了，所以，我先等它经过。如果是我驶进这条路，它在村口的话，我相信它也会停下来，等我驶过去了，它再开进来。"

在这条三四公里的乡道上，我们先后与七八辆车会车，有我们主动让道的，也有主动为我们让道的。正因为互相让道，在本来只能通行一辆车的狭窄乡道上，我们才能每一次都顺利地会车。而前方因为互不相让，就堵起来了。妹夫说得对，别人能通过，你才能通过，别人有路了，你才有路。有时候，为别人让行，予别人方便，正是为了我们自己。这是会车的学问，又何尝不是人生的大智慧？！

# 七八月自有答案

大年初四,父亲就扛着铁锹,下地了。这时候地里的土,都还冻得硬邦邦呢,挖也挖不动,再说,离春耕还早着呢,地里能有啥活儿?父亲说他去将油菜地和小麦地的田埂挖开,过两天,天一暖和,地里的雪和冰冻就要融化了,要让水排走。

父亲算得真准,正月初六,太阳忽然钻了出来,天暖和起来了,地里的雪开始融化,屋檐滴答滴答地往下滴着雪水。站在村口,呼呼的风声中,你能听到田野之上,到处都是滴水和流水的声音,仿佛大地一下子就苏醒过来了。我在城里生活多年,经常听到人说,哪儿的花开了,大地苏醒了。真是外行话,大地是不是苏醒,不是看花开没开,也不是看草有没有发芽,而是看,水有没有流动。当水从土里渗出来,慢慢地汇聚,然后流动起来,那就是大地苏醒了。

村里的男人们,都赶紧扛着铁锹,下地去挖沟渠,让油菜地和小麦地里的积水流走。父亲也扛着铁锹下地,我们家的庄稼地,不是早就挖好了沟渠吗？父亲笑笑，说我忘了，我们家还有一块地，是要种早稻的。他要去检查一下，把那块地的缺口堵上，给地蓄点儿水。父亲说，这时候的水呀，带着土的味道，比天上的雨水还要金贵呢。我的老父亲，总是比挂在墙上的日历，快上一步。

我在农村生活到了十八岁，直到去读大学。像所有出生在农村的孩子一样，我干过几乎所有的农活儿，但我一直不知道，什么时候该干什么。没关系，父亲什么都知道，他早已将一切都安排妥当了。他让我们锄地，我们就锄地；他让我们栽秧，我们就栽秧；他让我们种棉花，我们就在地里挖一个坑又一个坑，将棉花的秧苗一棵棵栽下去。

在村集体时，父亲做过生产队的队长，是种庄稼的一把好手，我们当然信任他，村里的人，也信任他。父亲泡稻种了，他们就跟着泡稻种；父亲犁玉米地了，他们就跟着犁玉米地；父亲给瓜秧打杈了，他们就跟着给自己家的瓜秧打杈。父亲是村里，最准时的农事日历。但父亲将什么农活儿，都掐得那么准，似乎一分也不能早，一秒也不能迟，我就不以为然。有一天，他让我们跟他一起去地里除草，那天下着大雨，地里烂着呢，再说天气预报说了，明天就放晴了，等天晴了再下地除草，不好？父亲还是坚持，让我们下地除草。雨打在脸上，噼里啪啦响，而村里与我们同龄的孩子，正在屋檐下开心地嬉闹呢。我和妹妹们的肚子里，对父亲的怨气，跟饥饿一起，咕噜噜响。果然，第二天就天晴了，气温飙升，很多人家都是第二天，甚至是第三天，等地干透了，才下地除草。我听二狗子说，庄稼地里没一点儿风，天热得他差一点儿中暑。而更要命的是，土壤板结之后，你根本拔不动杂草，它们的根，与黄土疙瘩完全板结在一起了。二狗子的牢骚，让我对父亲的英明决策，忽然有了敬意。

不过，我仍然不能认同父亲的很多做法。三月下旬，棉花的秧苗，都已经成活了，父亲让我们去锄地。我以为锄地，只是锄草，所以，我扛着锄头，在棉花地里穿梭，看到杂草，就刮一锄头，样子很像我们在电影里看到的锄奸队，定点消灭敌人。父亲说不，说我得将棉花地全部锄一遍，没有杂草的地方，也要锄，将土松开。好吧，那就全部锄一遍吧。我和妹妹们，在棉花地里锄了整整两天，才将每一个角落的土，都用锄头翻了一遍。没过几天，下了一场小雨，棉花地里刚翻开的土，又板结了。父亲让我们，再去锄地。等到四月中旬，我们家的棉花地，已经锄了三四遍，而我们家边上的小刘家的棉花地，只毛毛躁躁地锄过一遍。小刘家的棉花，跟我们家的棉花，看起来一样郁郁葱葱，一样生机盎然。我不满地向父亲嘟囔，我们这么辛苦，跟人家有什么区别？父亲笑笑，儿子，三四月的事情，等到了七八月，自有答案，等着瞧吧。

不用等很久，两三个月，眨眼就过去了。棉花已经长到半人高，枝丫上，开满了棉花花，每一朵花，很快都会结果，等这些果子再次炸开绽放的时候，它们就是洁白的棉花了。只隔着一条田埂，你能看见，我们家的棉花地，比小刘家的棉花地，枝叶更茂盛，花开得更多。我们家地里的土，跟小刘家地里的土，是一样的土；我们施的是一样的农家肥；我们的棉花秧苗，也是一样的。但现在，你能一眼就看出，两家的棉花，是如此不同。父亲说，我们只是多锄了几次地，让棉花的秧苗，可以在松软的土里自在地呼吸。这就是答案，这就是土地的回报。

即使农活儿再忙，父亲也从来不占用我晚上的时间，从地里收工回来后，我就可以在灯下，做我喜欢的事情——看书和写作。一个农家的孩子，你不能在阳光明媚的时候，不下地干活儿，也不能在细雨绵绵的时候，不下田插秧除草。但是，当夜幕拉开，我的父亲给了我完全的自由，让我在如豆的灯下，做我喜欢的事情。他就像相信土地一样，相信在我的身上，三四月的事情，等到了七八月，也自有答案。

父亲已经离开我们多年了，我也离开家乡的土地多年了，但我保留了很多小时候与父亲一起下地干活儿的习惯。这个三月，这个春天，我像以往一样，埋头做好现在的事情，我坚信父亲的话，到了人生的七八月，一切自有答案。

# 父亲的脊梁和儿子的后背

术后,父亲都是由母亲照顾的,我离家最远,只能每隔一段时间,回家探望一下。

那天回家,阳光很好,是个少有的暖和的冬日。母亲将我悄悄拉到一边说,自从手术后,父亲就没有洗过澡,平时只能用热水帮他擦擦身子,今天难得天气这么好,让我带父亲去澡堂泡泡。

我去征求父亲的意见,他很高兴。

离家不远,就有家澡堂,病前,父亲常去那儿泡澡。我和父亲慢慢走着去。

一路上,我在想该怎么办。印象中,长大之后,我就从没有上澡堂洗过澡,更没有陪父亲去过。像大多数的父子一样,我们父子俩的感情很好,我很尊重他,也有点儿惧怕他,但作为两个男人,我和父亲之间,却几乎没有任何肌体上的接触,我甚至不记得触碰过他的手。而现在,我将要单独和他面对面,还要帮他洗澡。我有点儿担心,不知道怎么做。

脱光了衣服，往浴池走的时候，父亲忽然对我说："等会儿我自己洗，你放心，我能行。"说着，父亲还甩了甩胳膊。"洗好了，你来帮我搓搓背，好吗？"父亲似乎看出了我的心思。我羞愧地点点头。

　　泡了一会儿，我帮父亲搓背。父亲教我怎么将毛巾缠在手上，怎么用力。我右手缠着毛巾，左手搭在父亲的后背上，慢慢往下搓。这是我第一次与父亲这么亲密地接触。父亲后背上的皮肤松松垮垮，一用力，感觉要被扯下来，而父亲曾经是多么强壮啊。浴池里湿气氤氲。我揉了揉眼睛。

　　搓到腰部时，手忽然被什么东西硌了一下。低头一看，父亲的腰眼上，鼓起几个突起的骨节，是扭曲变形的脊椎！难道父亲的腰眼受过伤？而我竟然一无所知。我轻声问父亲是怎么回事。父亲回头看了我一眼，淡淡地说，那是他年轻时当兵，一次训练时受的伤，这几年忽然加重了。父亲当过兵，我知道，而他在部队受过伤，我却从没听他讲过。难怪从我记事起，父亲的腰就一直不大好，站的时间稍长，他就得蹲下来。而家中所有的重活儿，都是他抢着做的。父亲一直给我们的感觉是，他是这个家中力量最大的人。

　　帮父亲搓好背，父亲忽然对我说："你转过去，我也帮你搓搓背。"我坚决不答应，父亲却很执拗，非得帮我也搓下。我只好同意他，简单地帮我搓下。

　　父亲熟练地将毛巾缠在手上。

　　父亲一只手搭在我的肩上，我的肩膀，不易察觉地抖动了一下。

父亲轻而有力地，搓着我的后背。搓到右肩时，父亲忽然停了下来，说："你这个伤疤，是你两岁时，我教你游泳，你被水里的一块石头划的。那次，都怪我，没有弄清楚水里的情况，让你受了伤。"真没想到，我的右肩胛有块伤疤。这么多年了，我还是第一次知道，更想不起来是怎么受伤的了。我笑笑，对父亲说："没事，早没感觉了。"

父亲用手摸摸那块伤疤，然后很小心很轻柔地，继续往下搓。

我感到自己后背上的肌肤，在父亲的手指下，一寸寸地变得干净，轻柔，光滑。

父亲忽然又停了下来，说："你屁股上的这颗痣，怎么变大了啊？"说着，还用手轻轻刮了下。我难为情地笑笑。父亲自顾自说："你小时候，我和你母亲还总是开玩笑，说有了这颗痣，就算你丢了，我们也很容易就能找到你。"

这颗痣，还是结婚后妻子发现告诉我的，以为只有我们两个知道。没想到，父亲也知道，并且至今清楚地记得。对我来说，后背是我最隐秘的地方，我从来看不见它，我的父亲，却像了解他的儿子一样，了解我后背上的每一寸肌肤。

我是搀着父亲，从浴室回家的。大病初愈后的父亲，显得有一点儿虚弱，但我的双手触碰到的他的每一寸肌肤，都感受到从他体内焕发出来的从未有过的坚定和温暖。

# 大地的味道

我在城里二十五楼的阳台上闻到的味道,与我走出乡下老家的院子闻到的味道是不一样的。前者,是空气的味道;而后者,才是大地的味道。

大地的味道,就是泥土的味道吗?是,也不是。

一粒种子,播进泥土里,大地里就掺了这粒种子的味道。种子发芽了,开花了,结果了,枝叶枯萎了,落回到地里,与根一起腐烂掉,成了新的泥土,你看看,大地里便多了这些腐叶的味道,农人是嗅得到的,也是欢喜这味道的。没有被采摘的果实,也会回到大地,果肉很快腐烂掉,大地里又有了发酵之后酒香一般的味道。如果一粒种子没能发芽,它也会慢慢地腐烂,连坚硬的果壳,都会被泥土吸收,也成为一粒泥土,只是这个味道里,是带着一点儿遗憾的。

我家菜园里,能闻到的味道,多而繁复。奶奶种下什么,你就能嗅到什么味道。西红柿、茄子、韭菜、土豆,还有调皮地越过田埂和藤蔓跑到别人家菜园子的南瓜，它们的味道是不一样的，香的、苦的、辣的，都有。而且，这些味道是分了层次的：你站着闻到的味道与你弯腰或者蹲下来闻到的味道不一样；个子高的爷爷与个子矮的奶奶，闻到的味道不一样；我与隔壁家的黑娃，我们一起站在我家的菜园里，闻到的味道竟然也是不一样的。这些味道，层层叠叠，飘飘忽忽。这家菜园，与那家菜园的味道，也是不一样的，这不仅是因为，菜园子里种的蔬菜不一样，勤快的人家，还多翻了几趟土，多浇了几瓢水，多施了几道肥，那味道就充盈而丰饶。你再看看另一个懒汉家的菜园，所有的菜，都蔫不唧、半死不活的样子，你能嗅到的，就只有贫瘠的味道。就算菜园里的菜，都收割完了，空旷的菜地里，味道也是不同的。那些曾经生机盎然的菜园，虽然现在空荡荡了，你依然还能闻到各种味道，这些味道，已经渗入了泥土里，经久不散。而一直荒芜的菜地，你能嗅到的，只有杂草也枯萎了之后，一股荒凉的味道。

是的，大地的味道里，一定包含了它孕育过的各种植物的味道。种过麦子的麦田里，有麦子的清香；栽过水稻的稻田里，有水稻的清香；长过土豆的旱地里，有土豆的清香；茂密的森林里，有树木的清香。大地之上，当然不只有清香，它的味道丰富着呢，厚实着呢。

一只鸟，飞过头顶上的天空。它衔着的一粒籽，啪嗒掉了下来，那块土里，就有了籽的味道；它还拉了一粒粪，啪嗒掉了下来，那块土里，就有了鸟粪的味道。某一天，鸟老了，也飞累了，死了，啪嗒掉了下来，不消说，那块土里，就有了鸟的尸体的味道，还有天空的味道。

一头牛，从耕完地的田头，往回走。它一边走，一边低下头，卷了一口路边的青草吃，那些被突然"斩首"的青草，滋滋地冒出青涩的味道。它的四只大蹄子，踩在地上，将一块干干的土疙瘩碾碎了，潜伏在土疙瘩里的干土的味道，就炸裂开了，散发出来。它走着走着，忽然屁股一撅，拉了一泡热气腾腾的牛粪，大地之上，更是雾气一样弥散着牛粪的味道……跟在它身后的农人，闻到了这一切，不过，他不会嫌弃，这就是他闻惯了的大地的味道，这味道才让他踏实。

不同的季节，大地的味道也是不同的。春天的味道最芬芳，夏天的味道最热烈，秋天的味道最富饶，冬天的味道最纯粹。干旱的时候，你闻到的，是大地被烤焦的味道，这味道是焦虑的；而到了雨季，雨又似乎将所有的气息都浇灭了，到处是积水，空气里弥漫着被水沤烂的味道。

更多的时候，大地就像个巨大的收藏盒，将各种味道都埋在了它的怀抱里，你用锄头刨开一片土，或者用铁犁翻开一垄垄土，隐藏在土里的味道，就都被释放了出来，这才是真正的大地的味道。那个翻开土地的人，他的汗珠掉在了土里，土里就有了汗水的味道。他的叹息，或者他的笑声，从他的胸腔里迸发出来，最后也会落进土里，土里就有了他的失落或希望的味道。一代代人，最后都埋在了土里，这土里，这大地之上，就有了我们祖先的味道。他们制造和使用过的东西，也埋进了土里，如果腐烂了，就成了泥土的味道，如果保留下来了，就成了文物的味道。而他们留给我们的话，还有他们的希望，就是你翻开土地那一刻所闻到的味道。

　　一个流落外乡的人，为什么总喜欢带走故乡的一捧土？那捧土，不够植一棵树，也不够栽一朵花，在他想家的时候，他拿出来嗅一嗅，他就能嗅到妈妈的味道、村庄的味道、故乡的味道、根的味道，那是他在别的地方，别的大地之上，所闻不到的。

　　空气中飘散的，你能闻到的味道，大地里都有。大地为我们珍藏了一切，富饶的大地，一直静待你的到来。

# 第二辑
## 手指都是长着眼睛的

手指上长着眼睛,只是一个童话,我希望它是一粒种子,等待你们自己去发现它,浇灌它,呵护它,让它成为一株苗,成为一棵树。

# 偷看洗澡的花

奶奶喊："洗澡啦！"

在外面玩耍的娃娃，还没来得及跑回家，院子里的花，听到奶奶的喊声，开了。先是一朵，怯怯的样子，难为情的样子，鬼鬼祟祟的样子，紧跟着，它身边的另一朵花也开了。当奶奶扯着嗓门儿，喊到第三声的时候，天哪，满院子的花都开了。

娃娃踩着夕阳的影子，跑回了院子。他知道躲不过，即使告诉奶奶一百遍，他在门口的池塘洗过澡了，奶奶也必得打一盆水，摆在院子里，帮他再洗一遍。奶奶说："你那不叫洗澡，你就是玩水。池塘里的水，能冲走你身上的汗，但能像奶奶这样，帮你把身上的泥垢搓干净吗？"娃娃一听，不能。水温柔，不肯像奶奶粗糙的手那样，在自己的后背用力地搓啊搓啊，搓得发红，搓得蜕了一层皮。奶奶说："你皮厚着呢，那不是皮，是泥垢。"你说泥垢就泥垢呗，反正被奶奶这么一搓一揉，一擦一抹，身上就干净了，清爽了，快活了。

娃娃不愿意洗澡，是因为这些花，偷看他。

娃娃脱了肚兜，脱了裤衩儿，背着身，站在了盆里。屁股蛋儿对着那些花。院子本来就不大，花又茂盛得很，最大的那朵花，都伸到了盆边。奶奶帮娃娃洗了前面，让转过来。娃娃只好将后背转向奶奶，这就尴尬了，面对着那朵花了，还有它后面一朵又一朵的花。娃娃对着花说："你不羞吗，偷看我洗澡。"花真的就羞了，你看看，都羞得发紫了。娃娃也害羞过，娃娃害羞的时候，脸是通红的，像火烧云，这不要脸的花，为什么羞成紫色了？奶奶说："它本来就是紫色的。"好吧，紫色就紫色吧，紫色比红色深，正好掩盖了娃娃害羞时的红。

奶奶帮娃娃洗好了澡，去拿干净的肚兜和裤衩儿，娃娃不肯穿，他还要在盆里玩一会儿水。奶奶由了他，去屋里准备一家人的晚饭去了。娃娃坐在盆里，一边玩着水，一边和花说话。

娃娃问："你叫什么名字？"

花不回答他，或者回答了，娃娃没听懂。娃娃自顾自接着说："我知道你有一个名字，叫洗澡花，但这肯定是你的小名吧？就像我们村里，有人叫黑蛋，有人叫牛娃，还有人叫皮皮，可是，这都是他们的小名，他们的真名字，一个叫有福，一个叫翠花，还有一个叫家宝。一个人有两个名字多好？黑蛋已经上学了，学校里的老师就不喊他黑蛋了，喊他有福，还教他怎么写'有福'两个字。等我们上学了，老师也会先教我们写自己的名字。前几天，我们几个去学校找黑蛋，等他放学了，一起去河里玩跳水。放学的铃声响了，黑蛋背着书包出来了，我们兴奋地喊'黑蛋，黑蛋！'黑蛋看见我们了，却不理我们。后来我们才知道，黑蛋不愿意别人再喊他黑蛋了，特别是在学校。算了，那我们到了学校，就喊他有福呗。你看看，你不能只叫洗澡花吧？你如果只有这个名字，等你长大了，背着书包去上学了，你也肯定不好意思我们再喊你洗澡花了。"

花点点头，五个花瓣，一阵乱颤。娃娃觉得，自己的话，一定是说到洗澡花的心里去了。一朵这么好看的花，怎么能只有这一个名字呢？娃娃自己想不出一个好听的名字，牡丹花的名字好，别的花已经用了啊，槐花的名字也不错，可是，那是开在树上的花。既然自己想不出一个更好的名字，他决定去问大人。

奶奶说，它就叫洗澡花。爸爸和妈妈也说，他们一直叫它洗澡花。在家里问不出，娃娃就去村里问。村里到处都是洗澡花，家家院子里，墙根，还有村口，遍地都是洗澡花。如果是春天，你在村里闻到的，都是槐花香，一棵老槐树，开满雪白的槐花，就能让整个村子，都浸泡在槐香之中；到了秋天，皮皮家院子里的两棵桂花树，能盖住村庄所有的气息。而现在是夏天，如果你不凑近了一朵洗澡花，根本闻不到什么香味，但是，当村里的娃娃，都在自家的院子里洗澡时，当所有的洗澡花都盛开了，集体来偷看娃娃们洗澡时，淡淡的花香就像暮色一样，铺洒在每一个角角落落。你听到水淋到娃娃们身上的声音，娃娃的嬉闹声，以及洗澡花一边好奇地盛开，一边又害羞地试图闭上一片花瓣的声音。

村里的人都说，它还有别的名字吗？就叫洗澡花，不是很好听吗？

娃娃在他还只是一个娃娃的时候，只知道这个花叫洗澡花。

它们在早晨和晌午,都是闭合的,似在沉睡,又仿若在等待。到了黄昏,毒辣的日头下山了,娃娃们被他们的奶奶或者爸爸妈妈喊回家洗澡了,这些花也骤然被唤醒,惊奇地睁大眼睛,偷看这些洗澡的娃娃。他们的身上,全是泥灰和汗渍。洗澡花羞涩地看着他们被洗干净了,黑黝黝的身体里再次散发出童年独有的奶香味。洗澡花啊,也在这暮色四合之中,无拘无束地绽放,并将它们的淡香,与这贫瘠村庄里的娃娃们的气息,悄悄地融合在一起。它们无法给予他们更多,但它们看到了他们的艰苦、快乐和成长。

若干年后,娃娃长大了,知道它的学名叫紫茉莉,它还有很多别名,比如晚饭花、地雷花、烧汤花,它是一种很平常、很好养、很容易长大的花,就像乡下的黑蛋和皮皮一样容易养大。黑蛋早已不叫黑蛋了,皮皮也早已不叫皮皮了,但他仍然愿意唤它洗澡花——那朵偷看了他的童年,并深深地藏在他童心里的一朵花。

# 看小孩子走路

爸爸牵着孩子的手,过马路,走斑马线。

我跟在后面,他们走路的姿势,看起来好怪啊。

年轻的爸爸,个子高,腿长,步子跨得大,虽然他明显放慢了脚步,但小孩子显然还是有点儿跟不上他。但奇怪的并不在此。小孩子三四岁,快速地迈着小腿,似乎是要跟上爸爸的节奏。但就是不合拍。

斑马线走到一半,我总算看出来了。小孩子原来并不是要紧跟上爸爸,他有自己的想法和步态。他迈出左腿,小脚正好踩在斑马线的白线上,他又迈出右腿,小脚又正好踩在前面的白线上。没错,我看出他的目的了,他努力让自己的每一脚,正好踩在斑马线的白线上。他是一路踩着白线,穿过这条斑马线,走到对面的。他的腿不够长,所以,每一步都需要大大地跨出,爸爸拉着他的手,手上肯定还用了一点儿小劲,小孩子偏偏要按自己的想法,每一脚都恰好落在白线上。于是,父子俩走路的节奏就乱了。

跟在后面看，小孩子走路，就有点儿一蹦一跳的样子。

我被这一幕逗乐了。有几次，我自己也忍不住像那个小孩子一样，将脚正好踩在白线上。我第一次如此有童趣地过一条马路。

小孩子走路，不光光是走路，他总能在行走中，走出点儿花样来。

人行道上铺了方砖，像一个个"田"字，往前延伸。小孩子最喜欢走在这样的路上。他一会儿沿着对角线走，左脚跨到右边的格子里，右脚再跨回左边的格子里；一会儿迈着碎步，一格格走，仿佛象棋里过了河的小卒，永远一步一格；一会儿又迈开大步，横空越过一格，跨步走；他甚至还可以"S"形走，先斜着往一个方向的格子走，走到路边了，再反过来，往另一个方向的格子走。

如果是水泥铺的光秃秃的路面怎么办？他也能走出不一样来。他会顺着水泥的缝隙，像一条蛇一样游走；或者踩着路面上的落叶走，一步一叶，仿佛自己就是树叶上的船，有了漂泊感；如果遇到一粒石子，那就太好了，踢着石子走，石子踢到前面，走过去，再将它踢到更前面去，石子落在了另一个石子旁边了，也不踢别的石子，还踢刚才那一个，有始有终嘛；倘若干净宽阔的路面上什么也没有，那就闭上眼睛，看自己敢不敢盲走，能不能走成一条直线，又到底能盲走多远。

一个小孩子，最不喜欢的，就是只顾埋头走路，就算他是去学校，或者是回家，又或者是去买一件心爱的东西，他也绝对不将走路当成简单的赶路。只是赶路，路途之上，该是多无聊无趣啊。

如果路边有高出一小节的马路牙子，他一定会放弃马路，而从马路牙子上走，马路牙子那么窄，走在上面，像走平衡木，忽左忽右地歪斜，他就张开双臂，像鸟的两只翅膀，让自己平衡。从马路牙子上跌下来，也不气馁，上去，继续走。如果能顺利地走完一段路的马路牙子，一次也没有跌下来，他就会像得了大奖一样开心。

如果去往一个地方，有一条大路，还有一条小路，他会毫不犹豫地选择走小路。小路之上，有野草，也有野花，能看见蜜蜂，也能看见蝴蝶，会崎岖很多，也会坎坷很多……这一切正是他喜欢的，他就是不喜欢人人都走的平坦的大路。

如果是雨天，那就更开心了。雨天的路上，难免有积水、烂泥，大人们像跳积木一样，走路左躲右闪，以避开那些水坑什么的。小孩子也像跳积木一样，只是他绝对不是为了躲闪，而偏偏是专挑那些洼地里的水坑，一脚踏进去，水花四溅，再一脚踏进去，又是水花四溅。那些刚刚从天上落下来的雨水，又被小孩子一脚溅起，像雨珠一样飞出去，在空中翻滚、飞舞，那就是小孩子雨天里的美丽风景。如果是冬天，他们偏不喜欢铲过雪的路，而是走在积雪上，越厚越好。冰雪在他们的脚下，发出滋滋的碎裂声，那是快乐的童声；积雪淹没了他们的双脚，那是快乐的沦陷。

这些调皮的小孩子啊，他们就是不肯老老实实地走路。他们走在路上，不是又蹦又跳，就是专找那些难走的路；不是走出各种花样，就是找到各种乐趣。

我常被路上那些孩子吸引，我喜欢看他们任意一种走路的姿势，他们将简简单单的走路，走出了童趣，走出了快乐，走出了小孩子的范儿。

我也时常听到一些大人的不满和斥责："你就不能好好走路吗？"

什么叫好好走路？为什么要好好走路？这些小孩子，他们人生的路，才刚刚开始呢，他们的路漫长着呢。一路上，他们必将像长大了的我们一样，历经坎坷、挫折和磨难，可这难不倒他们，也吓不着他们，他们在小时候，就已经将各种人生路上可能遇见的，都演练了一遍又一遍呢。他们且能在行走的过程中，找到各种乐趣，不让这人生之路，只变成简单无聊的赶路呢。

小孩子走路的花样越多，长大了，他就可能走得越稳，越久，越远。

# 妈，你快点儿回来呀

已经过了下班时间，她还瘫坐在办公桌前，不想动弹。

这一天太累了，手头的工作紧赶慢赶，才终于在下班前处理完了。几乎每一天都这样。工作就像驴拉磨，永远没完没了。孩子小的时候，每天忙完了手头的活儿，她就赶紧奔回家，准备晚饭，还得收拾被孩子弄得天翻地覆的家。家是她的另一个战场。不过，这些天，她不需要那么急地赶回家了，孩子大了，放假在家，已经能够自己照顾自己。

她翻弄着手机，想着，是不是给哪个闺密发条信息，约杯"秋天的奶茶"什么的。她似乎已经很久没有和小姐妹们联系过了，自从都有了孩子之后，她们就将自己的青春和私生活都打了包，封存起来了，每天不是为了工作忙，就是全力以赴地照顾孩子和家。

她正准备发信息，手机响了。是女儿打来的电话。

女儿问："妈，你到哪里了？"

她说："我还在办公室呢。"说了这话，她忽然有点儿莫名的羞愧,感觉自己就像一个躲懒的人,下班了,还赖在外面不肯回家。

女儿说:"妈,你怎么还不回家呀,不是已经下班了吗?你快点儿回来吧。"

女儿的口气很急切,像是遇到了什么事情。她有点儿紧张,虽然女儿马上就要读五年级了,但终归还是个孩子。暑假期间,每天早晨,她和老公分别去上班,女儿都是一个人自己在家里做作业,连中午饭都是自己解决。她忙问女儿是不是有什么事。

女儿说:"当然有事啊,急事,大事,好事!"

还是个好事,她放下了心。又问女儿是什么好事。

"我有好吃的!"女儿兴奋地答。

她忍不住扑哧一声笑了,这个丫头,从小就是一个馋猫,胃口又特别好,什么都敢吃,什么都吃得津津有味。还特别"护食",跟家里养的宠物狗有得一拼。什么玩具,都愿意跟小朋友分享,唯独吃的东西,看得紧,护得严。直到上了幼儿园,才慢慢好一点儿,懂得分享了,但遇到她特别喜欢吃的,还是小气得很。

她笑着对女儿说:"是什么好吃的?那你就吃了呗。"

"是这样的,我同学今天旅游回来了,给我带回了好吃的,一共是两个,"女儿兴奋地说,"我吃了一个,真好吃,太好吃了。"

唉,也不说是什么好吃的。吃了一个,留了一个,看样子,是想让我们看看是什么好吃的再吃吧。

没等她说话,女儿急切地接着说:"妈,你肯定也喜欢吃,你快点儿回来,快点儿回来!这个是留给你吃的。"

她瞬间感动。真没想到,只有两个好吃的,女儿竟然会留下一个给自己。女儿是真的长大了。她对女儿说:"谢谢宝贝女儿。

妈什么没吃过呀,你喜欢吃的话,另一个你也吃了吧,不用留给妈妈。"

"那怎么行啊,这个一定留给你,"女儿央求说,"但是,你快点儿回来好吗?我怕我忍不住,把另一个也吃了。"

她似乎听到,女儿说完这句话,还咽了一口口水。

她决定,立即回家,一刻也不迟疑。她想看看,女儿到底给她留下了什么好吃的,她更想看看,一天不见的女儿,长大成了什么样子。

她回到了家。她掏钥匙开门的时候,门自动打开了,是女儿打开的,好像女儿就等在门后似的。

女儿伸出了藏在背后的那只手,将那个好吃的,像宝贝一样,递到她的面前。

她在女儿的注视下,一层一层打开,是一块云南鲜花饼。

女儿说:"妈,你快吃吧,真的很好吃。"

她看看女儿,笑盈盈地将鲜花饼掰开,递给女儿一半。女儿说:"我吃过了,这个全给你吃。"她说:"不,我们一起吃,它会更好吃的。"

母女俩,一人半块鲜花饼,吃得好香甜。

女儿忽然问:"妈,好吃吗?"

她点点头。味道真的不错。又故意问女儿:"这么好吃的东西,你怎么舍得留给我吃?"

女儿看着她:"我……我想你早点儿回家。"

她一把抱住了女儿。女儿的个头已经跟她差不多了。母女俩紧紧地拥抱在一起,像小时候一样。

# 你踩疼了我的影子

与妹妹三岁多的小孙子一起走路,你得讲究。

你可以在他左边走,也可以在他右边走;可以在他前面走,也可以在他后面走;可以拉着他的小手走,当然,他也可能挣脱了你的大手,自己走……这都没关系,自由着呢,但是,你不能踩着了他的影子。

"你踩到了我的影子,"他不满地说,"我的影子会疼的。"说着,坚决地将你从他的影子上推开。

他的影子,铺在路上。路是平坦的,影子是舒展的,他高兴;路是高低不平的,影子打了折,层层叠叠,他也高兴。影子在他前面,他喜欢追自己的影子,他跑得快,影子也跑得快,他停下来,影子也停下来,就是追不上,永远追不上,但他不气恼,嘟囔着"等我长大了我就能比影子跑得快了"。你看看,爸爸跑着跑着,他的影子就跑不见了,被他甩掉了,爸爸的腿长,影子怎么能跑得过他呢?有时候,影子跟在他后面,这让他很不放心,走几步,必扭回头看一眼，生怕影子跟不上自己，又担心它像隔壁王奶奶家的小猫一样太贪玩，一不留神把自己走丢了。他最喜欢影子跟自己平行走，一眼就能瞥见，在左边，就拿左手去牵它，在右边，就拿右手去牵它。就像爸爸在左边，他就左手去牵爸爸，妈妈在右边，他就右手去牵妈妈。

太阳下有影子，他喜欢太阳；月亮下也有影子，他也喜欢月亮。城市里到处是灯光，亮晃晃的，哪里还看得见月光？他看得见，并且能够清晰地分辨出，哪个影子是月亮给他的，哪个又是路灯或别的什么灯照出来的。他在月光下走的时候，抬眼看一看月亮，这一看不得了，他发现啊，月亮是跟着自己走的。他往东走，月亮就往东走，他往后退，月亮也跟着往后退。爸爸说，月亮也跟着自己走。他不相信，他有证据啊，宝宝跟着妈妈去超市了，就不能跟着爸爸回家了，月亮怎么能既跟着我，又跟着爸爸呢？爸爸说："那我抱着你，你看看月亮是不是跟着我走的。"在爸爸的怀里，他看到月亮确实是跟着爸爸的脚步移动的，不过，他很快就有了新的发现，爸爸，是因为你跟我在一起，月亮看见了，才也跟着你走的。

当然，但他最喜欢的，还是路灯下的影子，忽长忽短，忽前忽后，忽胖忽瘦，像变戏法。有一次，大人们带他去一个朋友的新家玩，新家装了好多灯，全打开了。这可把他乐坏了，因为他发现到处都有他的影子，他一打转，四周的影子，就都跟着他旋转飞舞，他就那么兴奋地转啊转啊，追逐着自己的影子。他把满屋子的人，都转晕了，墙上，地板上，天花板上，到处都是从他身上飞出去的影子。

有一天，我问正准备上床睡觉的他："你睡觉了，你的影子怎么办啊？"他掀开被子，说："它跟我一起睡觉啊，你看看，它已经钻进被窝了呢。"我没看见他的影子，我看见了他的屁股蛋儿。我逗他，说："那你睡着了，一翻身，不是压到了它了吗？你会压疼它的。"他惊讶地看着我，一本正经地说："舅爷爷，我翻身，它也会跟着翻身的，它才不像你那么傻，才不会被我压住呢。"

　　我就喜欢他一本正经的样子，一个三岁多的孩子，一本正经起来，可正经了。

　　每次我上他家，他都要缠着我跟他玩一会儿。五十年前，我告别了自己的童年，二十五年前，我的儿子也告别了童年，从此我就远离了童年。妹妹的这个小孙子，是我们兄妹中第一个第三代人，他的到来，让我们这个大家庭，一下子又跟着集体回到童年了。这时候，我才发现，自己已是小孩子眼中慈祥好玩的爷爷了。

　　我跟他玩最古老的游戏，右手的食指和中指，并在一起，摆在桌边，让他看，左边的手指短，右边的手指长，然后，我抬起手，啪的一下两个手指拍在桌面上，一看，变成左边的手指长，右边的手指短了。再一拍，又变回去了，还是左边的短，右边的长。他惊讶地看着我，捉住了我的两根手指，左看，右看，前看，后看，看不出它们为什么忽长忽短。他不知道，我只是食指、中指和无名指快速地转换而已。这个小戏法，七十年前，我的爷爷做给我爸爸看，五十年前，我爸爸做给我看，二十五年前，我做给我儿子看，现在，我又拿它逗妹妹的孙子玩。家里没有小孩子的时候，你不会傻乎乎地玩这个小游戏，有个小孩子在旁边，你玩什么都不傻。

　　他不会玩这个,但他有自己的玩法。他听说我有点儿不舒服,就要给我打针。先问清楚了,是在胳膊上打,还是屁股上打。我说,胳膊上吧。他就揉揉我的胳膊,一边揉,一边安慰我,舅爷爷不怕疼啊,宝宝打针很快的。"啪!"手指头戳在我的胳膊上。我佯装龇牙咧嘴。他赶紧轻拍我的背,舅爷爷乖,不哭啊。他给我看了病,打了针,我得配合他,让他像个神医一样啊,药到病除。我振作精神,继续陪他玩。

　　吃过晚饭,我离开的时候,他忽然拉住了我,很认真地跟我说:"舅爷爷,光打针还不行,我还给你配了药,你回去记得吃了。"说着,让我张开手,接他的药。什么也没有。但我很认真地接过来了,并答应他,回去就将药吃了。

　　我从一个三岁孩子的手里,接回了离我而去已五十多年的童年。只要家里有一个孩子,我们就全都是童年。

# 手指都是长着眼睛的

七岁的嘉嘉与四岁的小安,经常在一起玩游戏,玩得最多的是指鼻子游戏,一个人喊口令,另一个人手指先放在鼻子上,喊哪儿,指哪儿,这就对了。如果喊指眉毛,你却指了嘴巴,或者眼睛,或者耳朵,就算是输了。

这是一个古老的小游戏,我们小时候都玩过,考验的是反应能力和手指的准确性。我以为四岁的小安必玩不过七岁的嘉嘉,没想到的是,反而是嘉嘉输得多。七岁的嘉嘉,小脑袋想问题已经会多转几个弯,他在小安喝出口令前,往往先做了预判,以为他下一个会喊耳朵,小安的口令刚喊出口,嘉嘉的手指已经飞快地指向了耳朵,结果小安喊的却是嘴巴,嘉嘉指向耳朵的手,已经收不回来了。输了。

嘉嘉和小安,一个是我大妹妹的孙子,一个是我小妹妹的孙子,他们俩都喊我舅爷爷。有时候我也会童心未泯,跟他们玩玩这个小游戏,一个人喊口令,另两个人指鼻子。我总是赢。两个小家伙对我崇拜得不得了，以为舅爷爷是白胡子老神仙。其实我的反应能力，哪有两个小孩儿的强？我只是根据喊口令的人的口型，提前判断出了他喊的是嘴巴还是耳朵而已。这个秘密，等他们再稍稍长大，自然会明白。而我要告诉他们另一个秘密：我的手指，是长着眼睛的。

两个小家伙捏住我的手指头，寻找上面的眼睛。每个指腹上，都有螺纹，一层又一层，一圈又一圈，但这也不是眼睛啊。又翻看各自的手指，也有螺纹，也是一层层一圈圈。我笑着说："你们的手指，也都是长着眼睛的。"

小家伙并不相信。

"那我们做个试验吧，看看你们的手指，有没有长着眼睛。"我说。

"闭上眼睛。"两个小家伙，都听话地闭上了眼睛。"张开双臂。"两个小家伙，像做操一样，将两个手臂向外伸展开。"每只手各伸出一根手指。"他们都伸出了食指，红润润的，像胡萝卜。"好，现在将两只手慢慢靠拢，看看你们的左手手指，能不能与右手的手指，指尖对指尖。"嘉嘉问："舅爷爷，能不能睁开眼睛？""当然不能。你们的手指头是长着眼睛的，即使你闭着眼睛，它们自己也能够看见对方。"两个小家伙，紧闭着眼睛，慢慢地将两只手靠拢，两根手指头，在空中交会，左手的指尖准确地与右手的指尖，贴合在了一起。

两个小家伙，不相信地看着自己的手指。左看看，右看看，哎呀，不得了，它们真长了眼睛，不然，它们怎么能看见对方，怎么能准确地找到对方，一点儿不差地指尖对上指尖？

两个娃娃既惊诧又兴奋,大呼小叫地跑向他们的奶奶:"我的手指上长眼睛啦!"将刚才的试验,一遍遍地做给她们看,一脸得意。小安的奶奶正在织毛衣。我对小安说:"你奶奶的手指上,也长着眼睛呢。不信?好吧,让奶奶闭上眼睛,看她还能不能织毛衣。"小安的奶奶闭上眼睛,左手握着一根织毛衣的针,右手也握着一根织毛衣的针,右手的无名指上,还勾着毛线,左手的针尖别起毛衣的针孔,扎进去,挑起来,右手的毛线又顺着针尖一别一绕,每一针都精准无误,每一针每一线,每一别每一绕,都恰到好处,穿针引线,毛衣就这样一针针一层层织出来了。小安奶奶的手指上,可不是长了眼睛吗?

嘉嘉的奶奶,正在厨房里准备我们的晚饭。我对嘉嘉说:"你奶奶的手指上,也是长着眼睛的。你看看她切菜时,左手四指并拢,垂直摁住黄瓜,右手握着菜刀,刀壁贴着左手的指背,根本不用看,手起刀落,再起再落,一片片薄薄的均匀的黄瓜片,就切出来了,自始至终,根本不用看刀和黄瓜一眼。嘉嘉奶奶的手指上,可不是长了眼睛吗?"

七岁的嘉嘉和四岁的小安,相信了他们自己的手指上,是长着眼睛的;他们的白胡子舅爷爷的手指上,也是长着眼睛的;他们奶奶的手指上,同样也是长着眼睛的。我们每个人的手指上,都是长着眼睛的。在我们玩游戏时,在我们织毛衣时,在我们切菜时,在我们做任何事情时,我们的左手看见了右手,右手也看见了左手,它们互相配合,总是得心应手,天衣无缝。

他们俩都已经开始学习用笔涂鸦、写字,虽然还是东倒西歪,扭扭曲曲,不成样子。没关系,你们手指上的眼睛,看到了这一切,并见证你们总有一天，画出你们心中那些美好的样子。它们也将看见并见证，你们长大之后，用双手打造的生活和人生。而我今天所告知你们的，手指上长着眼睛，只是一个童话，我希望它是一粒种子，等待你们自己去发现它，浇灌它，呵护它，让它成为一株苗，成为一棵树。

# 拖着老爸不让老

"老爸,加油啊!"儿子扭头冲我喊道。

我已经气喘吁吁。放到二十年前,跑个几千米,算什么啊。现在不行了,才绕着楼跑了不到四圈,就上气不接下气了。

儿子放慢了脚步。我紧追几步,跟上他。"我们……休息下,再……再跑吧?"我向儿子求情。儿子看看我,把脚步又放慢了点儿,说:"老爸,再坚持跑两圈,然后我们休息,好吗?不然没什么锻炼效果。"

无奈,我只好跟在儿子的后面,继续慢慢跑动。

这是我和儿子每晚的跑步练习。

这项功课,始于一个多月前。那天,我们一家从超市购物回来,我扛一袋米,妻子和儿子拎着其他东西。我吃力地上楼,一不小心,打了个趔趄,差点儿摔倒。回到家,腰疼不已,一定是刚才闪了腰了。儿子心疼地帮我捶着腰,忽然摸摸我的肚腩,对我说:"老爸,瞧瞧你这身赘肉,像个老头儿似的。你应该锻炼锻炼了。"

我笑笑。这些年，一直坐办公室，平常不怎么运动，长了一身肥膘，疾走几步，都会心虚气短。虽然明知道这样对身体不好，但懒惰惯了，不想动弹了。

第二天，儿子就死活将我拖下楼，和他一起开始跑步。

刚开始跑的时候，才跑一圈，就累得够呛，气喘如牛。几次想打退堂鼓，在儿子的鼓励下，坚持了下来。一圈，两圈……现在已经能跑七八圈了。

跑步只是其中的一项功课。跑了几天后，儿子又很郑重地对我说，他马上就要参加体育中考了，还有两个项目未达标，希望我能经常陪他练练。

一个是立定跳远。儿子躬身跳了一次，两米，这个成绩离达标还差四十二厘米。儿子看看我，说："老爸，你能跳多远？"我腿长，年轻时跳远是强项。在儿子的注视下，我也试跳了下，两米一。儿子很夸张地竖起了大拇指，说："那我再跳下？"儿子又跳了一次，两米一五。"这就超过我了？"我不服气地撸起了袖子……

另一个项目是实心球。这是个力量型的运动项目。儿子身材瘦长，缺少力量，十米的满分线，他只能扔六米。我扔了下，八米多。儿子目瞪口呆，佩服得不得了。于是，我们在地上画了个十米线，他扔过来，我再扔过去……

我们父子俩，一高一矮，一胖一瘦，一老一少，每天在楼下，跑步，扔实心球，立定跳远，每次两个人都是累得大汗淋漓。

儿子的成绩，在一天天进步，这让我非常开心。

昨天，运动完后，我洗了个澡，从卫生间出来，正好听见儿子和他妈妈在客厅里说话。

儿子："体育今天已经考过了，我都是满分。"

妻子："祝贺你啊。那今后还需要爸爸每天陪你练习吗？"

儿子："当然要啦，不过，其实我的体育成绩早就都达标了。"

妻子："那你为什么还让爸爸每天陪你练啊？"

儿子笑了："不是老爸陪我，是我陪老爸练。我是不想让老爸那么快就老嘛。"

原来是这样。

儿子小时候，每次我带他去跑步，都是我跑在前面，他迈着细碎的小步，跟在我后面，我领着儿子一边跑，一边长大。如今，儿子已经渐渐长大成人了，他领着我跑，一边跑，一边拖着我，不让我老去啊！

# 在行走中长大

临出门,儿子还是决定,穿上那双他最喜欢的运动鞋。那双运动鞋是他十五岁生日时买给他的,花了将近一千元,是我们给他买过的最贵的一双鞋,我和他妈妈都从来没舍得给自己买过这么贵的鞋。儿子也视这双鞋为宝贝,轻易舍不得穿。这次,他却决意穿上。

我告诉儿子,那是很偏僻的山沟,路非常难走,很容易弄脏或者弄破鞋子的。儿子信誓旦旦地说他会小心的。

儿子读高中了,这几天放秋假,我决定带他去祖籍地看看,我也很久没去过了,顺便去看望几个远方堂兄弟。

坐了几个小时的汽车,又从县城换乘一辆突突突的三轮机动车,然后,步行了半个多小时的山路,终于来到了祖居的小山村。

只有大堂哥在家,其他几个堂兄弟,都到城里打工去了。大堂哥领着我们在村里转了一圈,一大帮孩子跟在我们身后,看热闹。大堂哥告诉我,这是谁家的孩子,那是谁的娃娃。他们的父亲我都认识，而他们的面孔，却是完全陌生的。

回到大堂哥家，正闲聊着，一个瘦瘦高高的男孩子，忽然低着头，走了进来。

大堂哥喊住了他："二柱，这是你城里的叔。"又指指我儿子："这是你城里的弟。"男孩儿怯怯地喊了我一声"叔叔"，又看了眼我儿子，嘴唇动了动，也不知道说的什么。

我拍拍身边的板凳，示意二柱也坐下来。这次带儿子回乡，其中的一个目的，就是希望他和老家的孩子们沟通沟通。儿子渐渐长大了，但我总觉得，现在的独生子女太自我、很自私，这一点，与我们小的时候，截然不同。

大堂哥说："二柱在县城里的高中上高二，每个月回来一次，昨天刚从学校回来的。在县城读书，开销大，这几年家里的条件也不好，你嫂子身子又有病，我就不能出去打工，只能靠庄稼地里抠点儿钱。"

听着父亲的话，二柱不停地搓着手掌，看得出，他有点儿紧张。他与他的父亲——我的大堂哥，多么相像啊，简直就是一个翻版，我眼前的时光，好像回到了很久以前。我上下打量着他，我的眼光，惊诧地停留在了他的双脚上，他竟然赤着双脚，脚上沾着一层浮灰。而边上，儿子的新款运动鞋，显得特别刺目。

二柱好像察觉到了我的目光，双脚往后缩。儿子的鞋，似乎也往后缩了缩。两个孩子，也许也都感觉到了他们的不同，并为此不安。

儿子忽然站起来，走到二柱面前，伸出手："走，我们俩玩去。"

看着两个孩子的背影，我和大堂哥相视一笑，很多年前，大堂哥是我们这帮孩子的头。

两个孩子,很快熟悉,不时能听见他们爽朗的笑声。

大堂哥告诉我,家里条件差,苦了孩子,二柱每次从县城回家,舍不得坐车,都是走回来的。几十里山路啊,一走就是好几个小时啊。大堂哥说,有一次自己赶集回来,路上碰到儿子,手里拎着鞋,光着脚走。自己知道他是怕石子磨破了鞋子啊。他穿的鞋都是他妈妈给他做的,可是,他妈妈有病,没力气啊,纳双鞋底,要花很长时间。

真没想到,大堂哥一家的生活,过得这么艰难,而大堂哥的儿子二柱,又多么懂事啊。

我和大堂哥又闲聊起村里的情况。

儿子忽然跑了过来,手里拎着一双布鞋:"老爸,我想要哥哥的这双鞋。"

我诧异而愠怒地看着儿子,心想真是一个不懂事的孩子。

"这双鞋可是纯手工的,哥哥已经答应我了。"儿子兴奋地说。

大堂哥看看我儿子,又看看二柱,说:"喜欢就拿去吧。"

我真想揍儿子一通。

"老爸,我是拿我的鞋和哥哥换!哥,你一定得换给我,不能反悔哟。"

这小子一定是吃错药了。

在儿子的软磨硬泡下,我同意了儿子的请求,拿他自己的运动鞋换哥哥的布鞋。

儿子高兴地脱下脚上的运动鞋,换上了二柱的布鞋,儿子走几步,很合脚。

75

告别大堂哥和二柱,我和儿子返城。

路上,我还是忍不住问儿子,怎么想起来用自己的鞋换哥哥的布鞋。

儿子盯着鞋尖,突然抬起头,说:"哥哥是他们学校篮球队的中锋,可是,连双运动鞋都没有。如果我不换,哥哥会答应要我的运动鞋吗?"

原来是这样。我骤然发现,儿子已经长大了。

# 成长的秘密

同事放下电话，对我们说，请大家帮帮忙。

问缘故。同事说，刚刚朋友打电话来说，他的女儿在农贸市场边摆了个地摊，卖莲蓬。同事的朋友偷偷在一边观察，小家伙的摊子已经摆了快一个小时，还没有卖出一个莲蓬。放暑假后，上小学三年级的女儿，想磨炼磨炼自己，于是，昨天从市场上批发了一小袋子莲蓬，自己摆摊卖。小家伙第一次练摊，如果卖不出去的话，对她的打击会很大，所以，想请大家帮个忙，去买上一两个，给孩子一点儿信心。同事说，小姑娘认识他，自己去买的话会穿帮，只好请我们帮忙。

农贸市场离单位不远，中午休息的时候，我打头阵，去买莲蓬。

正午的太阳，很毒。虽然只有两百多米，走过去已汗津津了。远远地看见，农贸市场大门一侧的树荫下，坐着一个小姑娘，面前摆着两摊绿绿的莲蓬。应该就是同事朋友的女儿。

慢慢走过去。路上的行人不多，小姑娘眼巴巴地盯着每一个路过她身边的人。有人扭头看一眼，迟疑了一下，又加快脚步，匆匆走了。小姑娘失望地看看他的背影，又把目光移向下一个行人。

小姑娘看见了我，眼神里充满了期待。不想让她看出我是特意来买莲蓬的，因此，我装作没看见，自顾自径直往前走。从小姑娘身边经过的时候，我几乎能听见她屏住的呼吸。走过几步，我突然返身，走到小姑娘的莲蓬前。小姑娘喜出望外地看着我。我蹲下身，问她莲蓬怎么卖。小姑娘激动地指着左边的莲蓬说，这个小莲蓬，一元钱一个，又指指另一边，这个大一点儿的，两元钱一个。

我各拿起一个莲蓬，比画了一下，一个比另一个只是稍大一点儿。我对小姑娘说："你看看，这个大不了多少，却要比另一个价格贵一倍，是不是有点儿不合理？"小姑娘羞涩地笑着说："这是我自己分出来的，如果你真想买的话，大的小的都是一元钱。"我也笑了，说："这样的话，别人会只买大的，小的就卖不出去了。我给你出个主意，小的还是一元钱一个，大的两个三元钱，你看怎么样？"小姑娘高兴地拍着手，说："叔叔，你这个主意好，就听你的。"我掏出五元钱，买了两个大莲蓬和两个小莲蓬。小姑娘拿出一个小塑料袋，高兴地帮我装了起来。

买好了莲蓬，我并不急着走，继续和小姑娘聊。我问她这些莲蓬批发来花了多少钱。小姑娘擦了一把脸上的汗珠，告诉我，一袋子二十二元，回家数了数，总共三十六个，其中大一点儿的十四个，小一点儿的二十二个。顿了顿，小姑娘兴奋地说，如果都能卖出去的话，那就是四十三元，这样的话，她就能赚二十一元。

　　小姑娘一激动，把她的"商业秘密"全说出来了。我问她已经卖出去多少了。小姑娘有点儿沮丧，说从早上卖到现在，才卖掉三个小的，不过，加上我刚才买的四个，总共七个了。我好奇地问她如果都卖掉的话，赚到的这笔钱打算做什么。小姑娘眨巴着眼睛，说："只有二十一元，能干什么呢？我可以加上自己攒下的零花钱，给妈妈买一件礼物。"小姑娘告诉我，以前每天爸爸都会给她十元零花钱，但她总觉得太少了，有的同学家长一天给二三十元零花钱呢。今天自己卖莲蓬，才知道爸爸妈妈其实挣钱很不容易。小姑娘一边说着话，一边用折叠扇，对着莲蓬扇。我笑着问她为什么对着莲蓬扇。小姑娘笑着说，这样它们凉快一点儿啊。小姑娘晒得红扑扑的脸上，细汗涔涔。

　　回到单位，我将莲蓬分给同事们品尝。剥下一颗莲子，送进口中，清香，微甜，尾子苦苦的。我们议论着小姑娘卖莲蓬的事情。其实，那些莲蓬最终能不能卖得出去，对她来说，都是一次难得的人生体验，这可能是她离真实的生活最贴近的暑假。

　　第二位同事准备出发，去买莲蓬了。小姑娘不会知道这一切，这是成长的秘密。

# 请你帮帮我

　　车子停在学校路边，我打开收音机，一边听音乐，一边等儿子放学。接送儿子上学放学，是我每天的"功课"。

　　有人敲窗户，一张陌生的面孔。将窗户按下了一点儿，问他什么事。

　　他隔着窗户缝，怯怯地挤进一点儿声音："你可以帮帮我吗？"

　　看他的穿着，还算整齐，不像是乞丐啊。

　　见我未置可否，他咽了口唾液，继续说："是这样的，我是从外地来找工作的，一家公司答应我一周后来面试。我刚才到车站，准备先乘车回老家，一个星期后再来，可是，可是……"

　　说到这儿，他忽然有点儿结结巴巴起来。其实，我已经听明白了，接下来他一定会告诉我在车站遭扒手了，连回家的路费都没了。果然，诺诺了半天，他终于好像鼓足了勇气似的，说他的钱包在附近的车站被偷了，钱虽然不多，但是，现在连回家的路费都没了。

老掉牙的伎俩，但他的"演技"不错，一脸腼腆的样子，显得很真实。"大哥，请你相信我，请你帮帮我，借我一点儿路费，我一周后一定回来还你。"隔着车窗，他的声音很急，有点儿发颤。

我当然不会被这么幼稚的骗术骗到。看他一脸诚恳（虽然那可能是伪装出来的），我也不想戳穿他。我摊摊手，故作无奈地说："可是，不巧我今天身上也没带什么钱。"我故意在车上放零钱的盒子里一阵乱翻，然后说："这样吧，这点儿零钱，你先拿去，买点儿吃的吧，别的我也帮不上你什么忙。"我将卷在一起的几张零钞从车窗缝塞出去，递给他。

他却没接，脸涨得通红。

"嫌少啊？！"我有点儿生气了。明明是个骗子，我不戳穿你，还白送你几块钱，还不知足？真不识好歹！

见我生气了，他犹豫地接过了钱。"大哥，谢谢你。我一定还你。"

我心里直好笑，几块钱，还什么啊，再说，鬼才相信呢，要相信你，我就真借你路费了。

他朝我点点头，一脸涨红地走了。从后视镜里，我看到他好像还回了下头。

我摇摇头，一个年轻人，干点儿什么不好，靠骗。如今有些人哪，真是可怜，可气，可嫌！

第二天，我出了一趟差。十几天后，出差回来了，我又周而复始，每天准时接送儿子上学放学。

车子停在学校路边，我打开收音机，一边听音乐，一边等儿子放学。

有人敲窗户，一张陌生的面孔。将窗户按下了一点儿，问他什么事。

"大哥，可等到你了，你不记得我了？"见我一脸疑惑，陌生人激动地说，"十三天前，就是你借我路费的啊！"

哦，想起来了，那个小骗子！我笑了："怎么，又被偷了？"

"大哥说笑话呢，我是来还你钱的，"陌生人说着，从口袋里掏出一个信封，从车窗缝塞进来，"一百零三元，大哥你点点，你可帮了我大忙了。"

"别，别……"我一时转不过来，太意外了，想不到他还真还钱来了，但是，我记得只给了他几块钱啊。

"是三张一元的，一张一百元的，大哥，绝对没错，"他的脸又涨得通红，"其实，我回家的路费只要三十几元就够了，你却借了我那么多。大哥，你真是个好人。"

我蒙了，难道那几张碎钞里，还真夹了张百元的？瞧我这糊涂的。可是，可是，还有个事情我不明白，他怎么知道在这里能找到我？

"停在这里的车子，一般都是接小孩儿的，我当时记了你的车牌号，我相信你还会来接小孩儿的。这不，等了三天，总算等到你了。"陌生人的脸上，露出灿烂的笑容。"大哥，我已经在那家公司上班了呢。"

我的脸却红了。

我打开车窗，伸出手，他也伸出了手。

# 改变世界的力量

儿子让他去城里住几天。儿子大学毕业之后,在城里找了工作,谈了女朋友,结了婚,现在,总算也买了属于自己的房子,这都是儿子自己努力的结果,他这个当爹的,基本上没帮上什么忙,除了当年供他上学之外。听说这几年城里的房子贼贵,一个卫生间,就远远超过他家四间大瓦房的钱;换句话说,即使他和老伴儿将乡下的老宅卖了,连给儿子在城里买个茅坑都不够。

城里他也是待过的,那还是十多年前的事了。那时候,儿子刚考上大学,这可是整个村庄的骄傲。可是,高昂的学费,让他犯了难,靠土疙瘩里抠点儿钱,根本担负不起。不得已,他也进城了,加入了农民工大军。他没文化,又没技术,只能找最脏最苦最累的活儿。他扫过马路,帮人家看过仓库,做过扛包的苦力,在毒日头下挖过一个个坑,汗流浃背地踩过三轮车,最后,一个做包工头的老乡,将他领了过去,在老乡的施工队里做小工。老乡的施工队,盖了一幢又一幢楼房,眼看着一片片光秃秃的土地上，建起一幢幢漂亮的房子，他眼睛都看直了，城里的房子可真漂亮啊。工友们见他看傻了的样子，跟他逗乐取笑，说："你也给儿子先买一套吧，这样，儿子将来毕业了留在城里，就算有个根了。"他嘿嘿干笑几声，就他那点儿工钱，勉强供儿子上学用，年底了，连回家的路费，往往都得跟工友借。在城里买房子？下辈子吧！

还是儿子有出息，工作才五六年，就在城里买了房子，虽说房子很小，又破旧，是十几年前的老房子，听说还向银行贷了一大笔款，但到底在城里有了自己的窝。而且，人家银行肯将钱借给你，凭什么？说明你可信，有能耐，能还得起。他想，儿子在城里，这就算真正站住脚了。不像自己，虽然也在城里流血流汗打拼了三五年，可是连个小小的印记都没有。谁知道你也在这个城里生活了几年呢？施工队盖过那么多房子，但他不是瓦工，没砌过一块砖；不是木工，没刨过一根木；不是电工，没拉过一根电线……他只是个小工，搬来运去，扛东递西，几乎每一粒黄沙、每一袋水泥、每一块板材上，可能都留下过他的汗水，但仅凭这一点，就认为楼房是自己盖的，他可不好意思说。儿子大学毕业后，他就拖着疲惫的身子，回到了乡下，他太累了，身子骨已经不行了，而且，他也实在放不下地里的庄稼和圈里的牲口，还有厨房里的老伴儿。

又要进城了，这让他有点儿激动。他不知道，好多年过去了，城里变成什么样了？十几年前，新盖的楼房，高大的脚手架，睡过的低矮的工棚，黑乎乎的饭盒子……排着队从他面前闪过。忽然，有一抹浅浅的绿色，一闪而过。那么绿，那么翠，那么嫩。

他想啊想啊，终于想起来了。对了，就是它，爬山虎。那天，在杂乱的工地上，他发现了一株爬山虎的幼苗，从一堆建筑材料中探出了几片嫩芽。他认得它，乡下到处都能见到它的影子，如果是在庄稼地里见到它，他会毫不犹豫地将它连根拔起，扔掉。可是，现在是在城里，在到处是砖头、水泥和钢筋的建筑工地上，这一抹绿，显得那么无辜，那么脆弱，也那么好看。他弯下腰，小心翼翼地将它连同边上的泥土，一起挖了起来。然后，他找到一幢刚竣工的楼房墙根，将碎砖碎瓦扒开，种了下去，并从工棚后面，为它弄来了几捧泥土，覆盖在它的周围。种下爬山虎不久，他们就搬到另一个工地去施工了，他也慢慢忘记了它。不知道为什么会突然又想起它，也许那是在他看来，他唯一带给这个城市的改变吧。这么多年过去了，那株当年的爬山虎，也许早枯死了，或者什么时候被人当作野草拔掉了。

儿子在车站接到他，然后一起坐公交车，回儿子的家。城里的变化太大了，他完全认不得它了。

辗转来到儿子住的小区。是个老小区，房子都有点儿破旧了，很多房子的外墙变得斑驳，与周边的新小区相比，显得有点儿寒酸。模模糊糊有点儿印象，但他不能确定，当年他们在这个小区施工过。

儿子的家在二楼。只有一个房间，一个客厅，客厅还正对着另一幢楼的外墙。儿子没有足够的钱，去买面积大一点儿、朝向好一点儿的房子。他拉开客厅的窗帘。他突然怔住了，只见对面那幢楼的墙壁上，爬满了爬山虎，从儿子家客厅的窗户望过去，郁郁葱葱，就像一片绿色的海洋。

他问儿子对面墙上的爬山虎是谁栽种的。儿子回答,听老邻居说,那幢房子刚交付时,就有了,也许是飞来的种子扎了根,也许是有人无意间种下的。也没人特别在意,十几年下来,就爬满整面墙了。

他的眼睛,忽然有点儿涩,有点儿湿,有点儿热。他揉揉自己的眼睛,他不能确定,它就是自己种下的那株爬山虎,但他想,不管是谁种下的,它改变了一面墙,也改变了这个世界。

# 错过季节的西瓜秧

盛夏，我在棉花地里锄草时，发现了一棵西瓜秧苗。

这很不对头。这个季节，地里的西瓜，大多已经成熟了。没有人会在夏天栽种西瓜秧，不等它开花，未及结出西瓜，秋风就来了，寒霜接踵而至，它很快就会因霜冻而死。但棉花地里这颗不知道从哪里跑来的西瓜子，还是发芽了。

我的锄头，在它旁边停下。我犹疑着要不要将它像其他杂草一样，锄掉。对棉花地来说，除了棉花株，其他的都是杂草，都理应被锄掉，好腾出空间和营养，让棉花株成长。我承认，我犹疑了两三秒钟，最后，我手中的锄头，围着那棵西瓜秧苗，转了一圈，我将它周边的土松了松，这样，它可以更畅快地呼吸和成长。我还将我喝的水，拿来浇灌它，那是父亲早晨为我泡的茶水，对一棵西瓜苗来说，可能苦了点儿，但这块沙土地的周围，没有水塘，我找不到更清的水了。我在弯腰浇灌它时，请它谅解，它摇了摇它的两瓣嫩叶，这也许表明它听懂了我的话。

我接着锄地。烈日当头,口渴难耐,我却将剩下来的水,都浇灌在一棵没什么希望的西瓜苗上了。但我一点儿也不后悔。一点儿口渴,我能够忍耐。黄昏,我锄完了棉花地,扛着锄头准备回家时,又跑回去找到那棵西瓜苗,蹲下来,看看它有没有什么变化,我欣喜地看到,它肯定比我第一眼看到它时,长高了有一厘米,或者更多一点儿。我告诉它:"你慢慢长,我会常来看你的。"

我说到做到,一没事,就跑到离村两三里地的那块棉花地,去看望那棵西瓜苗。那是我高考失败后的第一个夏天,别人都在等着大学录取通知书,我除了失落,无所事事。现在,在帮父母做一些力所能及的农活儿外,我又多了一件事,就是去棉花地里,陪伴一棵西瓜苗的成长。我已经没有了希望,它在错误的季节里发芽,本也没啥希望,但我希望奇迹能在它身上出现,哪怕让它结出一颗这个世界上最小的西瓜。

每次去看它,我都会带上一杯水,只为浇灌它。剩下来的最后一口水,我才自己喝。我总是和它讲太多的话,口干舌燥,最后那口水,让我觉得特别甘甜。我相信它是愿意把最后一口水留给我喝的。不管我与它讲什么,它都从不反驳,很认真地听,这使我第一次有了倾诉的欲望。那段时间,我差不多将我这辈子的话,都讲完了。从来没有一个人愿意听一个失败者的絮叨,哪怕是我的父母,但它是个例外。当然,我一点儿也不想将我的坏情绪传染给它,我讲出我的失败故事,是想勉励它,快点儿生长,赶在秋风来临之前,开花,结果。

棉花地要反复锄。这本来是个很枯燥的活儿,但因为那棵西瓜苗,锄地成了我最乐意干的农活儿。而且,每次给那块棉花地锄草时，我都执意要锄那垄地，我是担心如果被我的父母发现了它，他们一定会像锄掉任何一棵杂草一样，锄掉它。对农人来说，一棵毫无希望的秧苗，跟一棵杂草，并无区别。

它成长得很快，藤子顺着棉地四处跑，藤梢特别嫩绿，还长着一些胡须一样的东西，碰到什么，就在上面打个结，站稳了脚跟，然后，铆足了劲儿，往更远的地方伸展。我见过父亲种西瓜，知道在适当的时候，要给瓜藤打头，以使它停止跑藤，而专心地去开花，结出西瓜。我几次想掐断它，终于没下得了手。天渐渐凉了，既然时间根本来不及了，何不让它自由任性地疯长一回呢？

在一个露水很重的早晨，我惊喜地看见，它竟然开花了，黄黄的小花，细碎，羞怯，仿佛一个误闯到这个世界的青涩少女一样。田地里从来不缺各色各样的花，但唯此一朵，让我泪流满面。秋风已起，寒露已重，我以为一切都来不及了，但它还是执着地开出了它的第一朵黄花。有很多花是在秋天盛开的，它本不属于这个季节，因而显得如此突兀，让整个秋天，也让整个田野，都措手不及。

它却没能给我更多的惊喜。几天之后，我和父母一起去棉花地里摘棉花，我兴冲冲找到了它，却发现，那朵花已经凋谢了，它的根，已经无法从土壤里汲取更多的养分，它的瓜藤和叶子，也因为无法从阳光和空气里摄取更多的能量，慢慢变黄、枯萎。我知道它已经尽力了。我有点儿遗憾，但不伤感。相比于那些从未发芽也从未开花的西瓜子，它已经是个奇迹。

那以后，我重回校园。我不知道我这一生，能否结出硕果，但我至少应该像那颗西瓜子一样，发一次芽，开一次花。

# 还情

一对老夫妻报警，说他们收到了一个神秘的包裹，包裹里是整整一万元。

钱是假的？警察帮他们一张张检验，一百张，张张都是真的。

这是一个陷阱？包裹里夹着一张字条，写着这样一段话："本公司2010年抽出十位幸运人士，你被幸运抽中，这一万元是公司送你的幸运钱，我们将送到你手上，望你别担心有诈，请放心。"警察分析，一般的诈骗案中，骗子都是找各种理由让当事人汇出钱，哪有骗子直接先送你一万元的？不像是骗局，也看不出有什么陷阱啊。警察查来查去，一头雾水。

有人劝他们，既是真钱，又确实是寄给他们的，他们就收下，改善改善生活呗。可不弄清楚钱的来路，老两口儿哪敢随便要这个钱。为了这个来路不明的包裹，老两口儿愁得茶饭不思，有了一块心病，老太太更是急得病倒了。

事情到了这一步，投递包裹的人终于现身了。她是老两口儿的一个忘年交，两家常有走动，包裹正是她寄的。问她为什么要以这样的方式给老两口儿寄钱，她说是为了还情。

她孩子小的时候，就在附近的小学读书。那时候，孩子每天下午三点多钟就放学，而她和丈夫都要快六点才下班，这中间的两个多小时，成了空白地带，孩子没人管。学校边上有个自行车棚，她就让孩子每天在车棚里等她。而老两口儿，那时候就在车棚边经营着一家小店。有一次，在车棚里等妈妈的孩子，咳嗽得很厉害，老太太闻声心疼地将孩子喊进了自己的店里，给孩子倒了杯热水。天黑了，当她心急如焚地赶到车棚接孩子时，惊喜地看见，孩子正坐在老两口儿的店里，安静地做着作业呢。

问清了孩子的情况，老两口儿对她说，今后，孩子放学了，就让孩子坐在他们的小店里，等她吧。

就这样，孩子从小学一年级开始，就坐在老两口儿的小店里，一直坐到了小学毕业，一坐，就是六年。老两口儿特地给孩子弄了套小桌椅，方便孩子一边等妈妈，一边做作业。有时候，她来接迟了，孩子已经跟老两口儿一起，吃过了晚饭。孩子亲切地喊老两口儿"外公外婆"。

对老两口儿，她一直心存感激。她以各种各样的方式，表达对老两口儿的谢意。

中秋节到了，她买了一盒月饼，带着孩子去看望老两口儿。老两口儿喜滋滋地收下了。可是，临走的时候，老两口儿硬是送还他们两盒月饼。她自然坚决不肯收，老两口儿脸都变了："要是不肯收，下次再也别来了。"她只好收下。

快过年了，她托人从乡下买了一条家养猪的后腿，准备作为年货送给老两口儿。老两口儿一见礼物，乐得合不拢嘴，好多年没吃过正宗的乡下家养猪肉了。可是，临走的时候，老两口儿硬是送还她两条金华火腿，老两口儿说："这火腿太硬，我们吃不动了，你们帮帮忙。"她无奈地收下。

重阳节到了，她给老两口儿一人定做了一件唐装，老两口儿开心得不得了，这一次，老两口儿没回送他们礼物。可是，第二年儿童节，老两口儿给孩子买了一个新书包，还有一套漂亮的服装。

她发现，每次送给老两口儿礼物，老两口儿一定加倍送还给他们。她觉得自己欠老两口儿的，越来越多。于是，她想出了这个主意，偷偷地给老两口儿寄点儿钱。

事情真相大白，老两口儿心里的一块石头总算落了地。老两口儿将钱还给了她，对她说，经常带着孩子来看看他们，比什么礼物都好。

她点点头，豁然明白：有些情，是不需要还的；有些情，是一辈子也还不完的。

# 留下一颗有尊严的种子

由于前方公路塌方维修，我们的旅游车不得不绕道一条高原小路，向日喀则进发。一路颠簸，使我们的高原反应更加厉害了。不过，因为走的是一条便道，车辆稀少，倒使我们有幸看到了平常看不到的高原风景。

这是我们进藏的第二天，昨天下了飞机后，我们就一直躺在宾馆里，休息调整。对于即将亲密接触的西藏风情，我们的内心都充满了神秘的期待。一路上，藏族导游格旦卓玛不断地给我们讲着笑话，帮我们缓解了不少痛苦。旅游车驶进了一块谷地，高原反应好多了，大家的兴致又慢慢高了起来，有人掏出包里的零食和饮料，分发给大家。格旦卓玛马上给我们每个人发了一个塑料袋，让我们将果壳废物装进袋里，然后统一交给她带回拉萨去处理。

前面出现了一个藏族村庄。有人激动地让司机在村口停一下，让我们下车到村里去看一看。

看着我们兴奋的样子，格旦卓玛笑着问我们："你们是不是也带来了很多小礼物？""没错啊，你怎么知道的？"几个女同志一边说，一边迫不及待地打开了各自的旅行包，拿出了各种各样色彩缤纷的小礼物：铅笔、橡皮、练习本、糖果、巧克力、玩具熊。总之，吃的、用的、玩的，应有尽有。

几乎每一位进藏的游客，都会带来一些小礼物，送给见到的藏族小孩儿。"谢谢你们的好心，"格旦卓玛说，"以前，因为比较闭塞，很多藏族小孩儿常年难得见到外人，所以，对于偶尔见到的旅游车和游客，他们会安静地站在路边，向旅游车上的游客挥手致意，表达他们的好奇和欢迎。但是，这几年，一些进藏的游客总是将小礼物送给藏族小孩儿，使得一些孩子的心态都变了，只要一看到旅游车和游客，他们就会围过去，伸出小手，等着游客给他们派送礼物。游客的小礼物本来是一片爱心，但这却滋生了孩子们不劳而获的心理，也会无形中伤害到他们的自尊心。"

"那我们带来的这些礼物可怎么办啊，再说，我们真的只是想表达一点儿我们的心意。"大家议论开了。格旦卓玛摆摆手，说："这样吧，如果大家确实想将小礼物送给孩子们的话，我给大家一个建议，不要一见到孩子就无缘无故地将礼物送给他们，那就像是施舍一样，不好。大家可以想点儿办法，比如你可以让孩子帮你一个忙，然后，再将小礼物作为回馈，赠送给他，好吗？"

大家连连点头，旅游车里一下子安静了下来。

旅游车在藏族村庄前，缓缓停了下来。我们刚走下车，就被一群藏族孩子包围住了，果然如格旦卓玛所说，有的孩子直接将双手，伸到了我们的面前。

一个中年妇女，手里拿着一只水杯，她弯下腰，问离她最近的一个小姑娘："你家就住在附近吗？"女孩儿点点头。中年妇女指着手中的空水杯说："我很渴，我可以上你家去倒一点儿热水吗？"小姑娘迟疑了一下，说："好啊。"说着，便领着中年妇女，蹦蹦跳跳地向边上的一户藏族群众家走去。

一对年轻夫妇，领着七八岁的儿子，一起下了车。男孩儿好奇地打量着围过来的藏族小孩儿，藏族小孩儿也好奇而羡慕地盯着他。年轻的爸爸蹲下身，问身边的藏族小孩儿："你们平时玩什么游戏？"一个藏族小男孩儿挠挠头说："我们最喜欢玩'江克勒格'了。"年轻的爸爸尴尬地瞪着眼睛，不明白"江克勒格"的意思。恰好导游格旦卓玛走了过来，翻译说："'江克勒格'类似你们的'老鹰捉小鸡'。""这个啊，我也会。"小男孩儿激动地说。"那我们可以一起玩玩吗？"很快，小男孩儿就和几个藏族孩子手拉手，围成了一圈，年轻的爸爸客串老鹰。

两个年轻姑娘拉住一个藏族小女孩儿，问她："村子里有藏獒吗？"藏族小女孩儿点点头。年轻女孩儿伸了伸舌头，做出害怕的样子，说藏獒都很凶的。藏族小女孩儿点点头，又摇摇头。两个年轻姑娘轻声问："你可以帮我们一个忙吗？带我们进村里看看。"藏族小女孩儿又笑着点点头，自豪地带着她们向村路走去。

半个多小时后，大家重新回到了车上。旅游车慢慢驶出村庄，一群藏族孩子站在路边，向我们的旅游车挥舞着手臂，大家也打开车窗，不停地挥着手。

车驶离了村庄。格旦卓玛这才问大家："礼物送出去了吗？"大家都点点头。中年妇女激动地说："藏族孩子太纯朴，太可爱了。"

我明白了一个道理,事实上,我们送给他们的只是小小的礼物,而他们回赠给我们的,却是这个世界上最纯净、最真诚、最甜美、最难得的笑容。

# 第三辑
# 一季一动词

春天的动词是什么？春天是用来踏的。"踏"这个字，是走，来来回回地走；是踩，一遍一遍地踩。春天，万物复苏，草木繁盛，到处绿油油，满目郁郁葱葱，一脚踩进青草地，也就是一脚踏进了春天。

# 水的"n种"接触方式

夏天是被水打开的。

我这样说,是因为水在夏天比在别的季节都显得更加重要,更加不可或缺。唯到了夏天,水比空气凉,接触到水,让我们身心愉悦。就算一个怕水的人,到了夏天,也乐意与水试探性地接触,哪怕只是用手撩起几滴水,像蜻蜓点水一样,水的清凉、光滑、湿润,也会即刻让我们的身体和心都安静下来。只有夏天的水,才如此迷人。

孩提时,我们的夏天,都是泡在村口的池塘里的。大人们吓唬我们水里有怪物。水里确有怪物,且这个怪物十分庞大,能将全村的孩子都拥在怀中,它的柔软的舌头,将我们身上的每一寸肌肤,每一个毛孔,都舔了一遍又一遍。它吞了我们。它一浪一浪地追赶我们。它呛了我们一鼻子水。它赶走了我们身上的暑气。它拉伸我们的骨头,让我们快一点儿长大。你看出来了吧,这个怪物,就是水本身。一旦你能在水里遨游,水就成了你的一部分,也可能是你成了水的一部分。

我的孩子是在城里长大的，他更喜欢泳池里的水，这个水里有氯气，没有我喜欢的泥土的味道。他喜欢仰泳，跟我小时候一样。后背淹没在水里，肚皮和脸，还有两个脚尖，漂浮在水面，从他身边游过去的人，带来一层浪，浪翻过肚皮，像无数挠痒痒的手，轻轻拂过，真是惬意极了。浪也可能爬上脸，看到了鼻孔，以为是可以钻过去的小涵洞，它就钻进去了。儿子赶紧翻个身，打了几个喷嚏，将鼻子里的水喷出来。哪个游泳的人不呛几口水？我心疼儿子，不是因为他呛了水，而是因为呛他的不是我家乡池塘里的水，那个水干净多了，可以直接喝下去。

我奶奶的心真大，她一点儿也不担心水会把他的孙子偷走。她只是交给我一个任务，我在水里疯够了，上岸的时候，顺便给池塘边菜地里的菜浇浇水。因而，我都是带着水瓢去池塘游泳的。每次我到了池塘边，总是先将水瓢扔进水里，然后自己再跳下去。我如果不扑腾的话，就会沉下去，水瓢不一样，你将它狠狠地摁进水里，它也要拼命冒出来。我们跟水的关系是不一样的。水瓢只舀水，自己从不喝水，水也永远只让它漂浮着，不肯让它沉下去，这才是"铁哥们儿"。

我在水里玩够了，想起奶奶的话，赶紧给菜浇水，我站在池塘边，双手捧着水瓢，往菜地里泼水。这样能以最快的速度，将池塘里的水，泼到我家的菜地里。上了岸一看，傻眼了，地里的菜，被我泼得东倒西歪，茄子和辣椒的花，掉落一地。后来我才明白：有的菜，你只能浇根，水徐徐地倒下去，土先喝饱了水，它自会像燕子喂食一样，一口一口地喂养菜根；有的菜，只能轻轻地泼洒，让水从半空像细雨一样落下来，那些菜叶，都张着嫩嫩的嘴，它只要接住几滴，就能解渴，继续埋头长大；而像那些开花的、刚结蒂的菜，最好的办法是喷雾，不伤花，不伤蒂。可我只有一只瓢，没有喷雾器，我就左手端着一瓢水，右手抄进水里，然后，轻轻地洒在菜叶、菜花和菜蒂上，那是一个乡下少年，第一次学会了柔情。

我相信即使再饥渴，一棵菜，或者一朵花，一棵草，或者一片叶，也不愿意被粗鲁以待。我在城里有时候会看见，有人拿着消防龙头一样的东西，给路边的行道树和绿植浇水，水柱哗哗地冲过去，枝叶摇晃，草花一脸惊惶。它们可能不会因干渴而死了，却可能因为根的倒伏而枯萎。这不是一棵草或一朵花应有的与水接触的方式，水也一定不愿意以这种鲁莽的姿态，去滋养世间的草木。

小区边上，有一个小小的街心公园，公园里草木繁盛，鲜花常开。每日清晨和傍晚，公园里的自动喷淋装置就会打开，那些长在草丛中的小小的水龙头，旋转着喷水。清澈的水，像雨，若雾，细而密，轻而柔，滋润着它周边的小草小花。偶尔，阳光从两幢楼的中间斜照过来，雨雾之上，还隐隐有一道道彩虹，在左右、前后、上下摇摆。这是我见过的最小的彩虹，也是我见过的最温柔的彩虹。

还有一种喷水车，也是我喜爱的。车尾处，有一个大炮一样的装置，对着天空喷雾，据说是为了降尘。干燥的空气中，立即水雾弥漫。有时，我是开着车与它相遇的，也有时候是正好在路边漫步，空气中的水雾弥漫在我四周，路边的树、花、草、车，还有行人，都瞬间成了这水雾的密切接触者，湿漉漉的。夏天的水，有多少种打开和喷洒的方式，我们就有多少种与水接触的方式。

我喜欢这种润物无声的滋润。

# 人生有浅意

门前一条小溪,宽而浅。

溪上有桥,往上游百米远有一座,下游二百余米还有一座。要到小溪对面去,可以从桥上过,但一年中的大多数时候,溪水很浅,溪里有石头,从一块石头跳到另一块石头,跨过三五个石头,就到对面了。

溪水浅的时候,也是它最清的时候。你从石头上跨过去,低头能看见自己的影子,影子下面是天空,天空里有小石斑鱼在游弋,鱼尾摆动时,会把你的影子和天空搅混在一起,你和天空在一个平面晃动。偶尔也会有一两片树叶顺流漂下来,也不知道是哪棵树上的,是打算去远行吗?水遇到一块顽石,打个漩儿,将其中的一片树叶卷进了一个小水潭里,它暂时是去不了远方了,它也不急,就安静地漂浮在那个水潭里。它安静的样子,像极了村里的老人们,他们中的很多人,一辈子也没有走到比小溪更远的地方。我也从没见他们着急过啊。

到了雨季，小溪的水会忽然暴涨，几乎越过了对面的岸。对面的岸低一点儿，这边是村庄，那边是梯田。水要越过去，那就让它们越过去吧，稻田不怕水，大不了水再从一块块梯田漫出去，层层叠叠，哗哗啦啦，你从下游上来，抬头一看，有点儿小瀑布的样子。南方的雨季漫长，三四个月呢，这之间小溪一直是满的，水也是浑浊的，外乡人来了，以为它是一条大河。只有我们自己知道，你折根树枝，就能探到溪底。

雨季一过，小溪的水位就一日日下降，溪水也慢慢地回归清澈。哪一天它会变得最干净呢？当小溪的水流不再湍急，当水位变得最低，当溪底的大石头都露出脑袋了，也就是它最清澈见底的时候。它已经浅得不能再浅了，再浅，它就不能算作小溪了。后面远远的大山，就是它的水源，山每天只给它流出那么多水，不多，也不少，让它刚刚好保持一条山溪应有的样子。

我喜欢它这个样子。浅浅的，清清的，缓缓的，流经我们这个乡村，也流经我的童年和少年。当我在外面闯荡了几十年，回到村庄，唯见它还保持那种清纯。

约三两好友，溪前小坐，或浅饮几盏清茶，或浅斟几杯米酒，以为人生快事。茶是山腰的苦茶，自种，自采，自炒，自焙，样子没有商品茶好看，但茶带着家乡的味道，苦后微甘，可堪回味。倘是下田刚做过农活儿，汗流浃背，需要牛饮几大碗，平素时刻，则不以解渴为目的，只浅饮，润唇润喉，尽在无意间。酒亦自酿，是对面梯田里粮食的精华，每日黄昏，向溪而坐，浅斟两三杯。杯是小杯，酒是清酒，浅可映见天空日月，清可衬沧桑脸盘。

到了兴处怎么办？浅唱几句家乡戏。不唱时尚之曲，亦不引吭高歌，唱曲的与打拍的，都放慢了调，降低了音，只唱给身旁的小溪听，只唱给自己的内心听。浅唱的人，何须伴奏？*潺潺溪声*，即是伴奏。自娱自乐的人，何须音响扩声？浅浅的小溪，自会将它带往远方。

偶有村姑路过，见我老汉们自得其乐，浅浅一笑。不露齿，不出声，隐约可见脸颊上露出一对浅浅的小酒窝，如初春的浅绿，如远山的浅黛。倘若困倦了，枕着溪声，浅寐几分钟，日头便西落了，牛羊归圈了，抬头看，一弯弦月，浅浅地飘浮在半空中。山中浅浅一日，似已一年。

唉，你看看小溪中已落进几颗小星星。溪流带不走它们，亦如热闹的世界中，你难得看见它们。而我已归来。

只此三两日，且容我浅醉，不醒。

# 落进水里的光

一粒石子落入水里，咕咚一声，溅起水花。一束光落进水里，没有声息，也没有水花，像中国国家女子跳水队的姑娘们一样，再高的跳台，她们也能压住水花。

光一旦落进了水里，它就有了鱼的特性，在水里游弋、穿梭，你看见水面上波光粼粼，那就是光在水中畅游时，骄傲地甩了甩它的尾巴。光在空气中，是不能弯曲的，也不会拐弯，光进了水里，变得自由自在。可以折叠，一层层铺展开，层层叠叠；也可以转弯，想游去哪儿，就去哪儿，舒展而曼妙。

落进水里的光，不惧水有多深，光在岸上有多高，它就能潜进水里有多深。但有时候水本身是很浅的，浅得能看清水底的鹅卵石，光从高处落下去，会不会像一块大石头砸进水中，狼狈地陷进水底的烂泥里？光是有魔力的，它能让水按照它的需要，变得足够宽，足够深，足够自己以高空跳水的姿态，优雅地落下去。哪怕只是像山溪一样浅浅的一层水，它也能让整个天空沉进去，让阳光在水里也能找到一个同样广阔的天空。

光落在静止的水里，它也变得安静，像个处子，落在哪儿，它就在哪儿生了根。如果有微风拂过，它就露个笑脸，你在水里看到的光的褶皱，就是光微笑时，脸上绽放的花；如果有一只鸟轻点水面，它就跟水一起，溅个小浪花给鸟，让它带去远方；如果是孩子站在岸边，用石片向着对岸打水漂，水里的光就会浮起来，跟着石片在水面上飞。水安静，光就安静；水的心动了，光也跟着颤抖一下。

落在流水里的光，却是另一副模样。流水的家在远方，它总是要向前奔涌的。光落了进去，流水想带走它，陪它一起浪迹天涯。前面的水没能带走它，后面的水继续用力，怂恿它，拉扯它，冲刷它，想尽办法。光却不走，不为水动。流水带不走它，就试图将光冲洗得更亮一点儿，更光鲜好看一些，光便在流水中晃晃悠悠，飘飘忽忽，变出各种样子，答谢流水的盛情。流水一路奔走，都没能携走一束光，这不免让它有点儿失望，好在一路上，总有不同的光落进水里，流水因而也总是亮堂的，你看见的流水里的闪闪点点，就是光赠给流水的小礼物。

清澈的水里，落进去的光，也变得清澈，光照亮了水，水洗涤了光，光和水，惺惺相惜，你中有我，我中有你，互相拥抱，互为依靠。如果是浑浊的水，落进去的光，也跟着混沌，忽明忽暗。浑水使光暗淡，光照之下，水更浑浊。我家门前的小溪，大多数的时候是清澈的，阳光落进去，照得见春天，灯光落进去，看得见炊烟。而一场大雨后，溪水暴涨，且浑黄不堪，水变深了，溪流变猛了，落进去的光却看不大见了，仿佛都被洪水裹挟走了。

但用不了几日，小溪复归宁静，水再次清澈，落进水里的光，也再次变得明亮。

大江大湖里，落进去的光，似乎也是宏大的，你站在这样的水边，看到的水无边无际，落进去的光也如繁星点点。小池塘偏隅一方，是小天地，小天地也可以落进日光、月光和星光。光不会因为水的大小而有取舍、存喜恶，它一向不偏不倚，只要是水，哪怕只是一滴，它也会全身心地投入。水亦不会因为光的强弱而有选择、存偏废，水包容一切光。即使是一个大湖，它也愿意接纳一只萤火虫的微光；即使只是一滴水，它也能够存纳整个太阳的光芒。

万物有光，万物之光，落进水里，水便有了万物的生气和灵性。水里有了阳光，有了月光，也有了星光，这些自然的光，照亮了水的世界，给水以灵气；水里有了灯光，有了人的身影，也有了炊烟的气息，这些生活之光，也点亮了水的世界，给水以生机。

夜晚降临，我看见临水的一幢居民楼，一层一层的灯光都点亮了，灯光落进了水里，水里的灯，也一层层亮起来了。岸上是万家灯火，水里也是万家灯火，它们都带着浓郁的生活气息。当最后一盏灯熄灭，水也安静地进入梦乡。水里还有星星点点的星光，那是睡梦中的人飞翔的梦。

水和楼房，还有房间里的人，一起等待着明天的第一缕阳光，将他们同时唤醒。

# 一季一动词

转眼入秋，暑热渐消，我也敢出门，在日头下走一走了。

总算又避过一暑。

"避"这个字，用在夏天，恰如其分也。不是逃，"逃"这个字，显得仓皇又狼狈。再说，夏天的热，是渗透在每一粒空气里的，你往哪儿逃，也逃不了空气，它或钻入你肺腑，或焦灼地依附在你的每一寸肌肤上，让你逃无可逃。也不是躲，夏天你可以躲在空调房，也可以躲在大楼的阴影或树荫之下，你躲得了一时，却躲不过一夏，只要你跨出门，只要阳光能伸手够得着你，暑气就能瞬间将你笼罩、降服。

不逃，不躲，却可以避。避是回避，不与夏天正面交锋。避虽然也有躲的意思，却比躲从容一点儿，雅致一点儿，一闪身，一回转，避过了酷暑的锋芒，像个武林高手。避还有防的意思，斗也斗不过，逃也逃不了，但避一避、防一防，总还是可以的。在烈日下行走，你撑把遮阳伞，那就是防；你手搭个小凉棚在额眉上，那一巴掌的阴凉，也是防。

去哪里避呢？可以去深山，老林里有千年的凉气，每一片树叶，都会帮助你吸纳一点儿暑气。也可以去水边，水能包容一切，也能打败一切，每一滴水，都是降温的良方。整天躲在空调房，不是避暑；在防空洞里铺块凉席，摇着芭蕉扇，哎，这是避暑。在我乡下老家，从老井里打一桶水，摆在凉床边，里面再放一个地里刚摘的西瓜，这也是避暑。哪有那么多的深山老林让你钻？哪能时时刻刻泡在水里？普通人有普通人的避暑大法，照样可以与暑一搏。

与避暑大不同的，是访秋。秋是收获之季，没人躲之、避之、逃之。避了一夏，心里一定憋得紧，闷得慌，你去秋天的田间地头、城郊野外，走一走，看一看，到处都是果实。秋高气爽，秋在高处等你。访，意思有寻，寻一寻夏的去处，觅一觅秋的踪迹，找一找果实所在。访需要带着诚意，怀有恭敬之心，秋才会将它的琼浆玉液，呈现给你。

同样是访秋，有人访到的秋，是姹紫嫣红、万山红遍、硕果累累，也有人眼中是秋风瑟瑟、百花萎谢、万物凋零。或喜或悲，其实都不是秋本来的样子。你经历了怎样的春天，度过了怎样的夏天，就会有怎样的秋天。我们访的不是秋，而是自己的过往和内心。

那么，春天的动词又是什么？春天是用来踏的。"踏"这个字，是走，来来回回地走；是踩，一遍一遍地踩。春天，万物复苏，草木繁盛，到处绿油油，满目郁郁葱葱，一脚踩进青草地，也就是一脚踏进了春天。我小时候，最喜欢在春天赤脚走路，脚底板踩在青草上，毛茸茸，痒酥酥，何其快意！既然是踏春，就别矜持地穿着鞋了，无论是皮鞋，还是草鞋，脱了吧，光着脚丫子，你才能真正与春亲密地接触。

踏春，实乃踏青。唯有一脚踩着了青，春天才会顺着你的脚丫子，钻进你的心里。别担心将小草踩坏了，春天给了小草们无限的生机，一场春雨，就能将倒伏的小草们，重新搀扶起来。也别担心沾在脚丫子上的泥巴，它能让你也成为春天里的一株苗。"踏"这个字，还有亲临的意思，有到现场看的意思，你折一朵花插在花瓶里，那不是春天，只有你将自己的身心整个踏进去，你也成为了春天的一根草、一朵花、一棵苗、一点儿绿，你才算是这春天的一部分。

踏春，避暑，访秋，一个动词，激活了一个季节。冬天呢？我乡下的奶奶说，又要过冬了。她用了"过"这个字。北方的人，到了冬天，像候鸟一样南下，过冬。朔风呼啸，大地白茫茫一片，一个"过"字，苍茫而无奈。不过，我奶奶还说了，过日子。日子就是一天天过的。冬天是一股一股的寒流，冬天是一场接一场的大雪，冬天是双手拢在袖筒里扳着冻得通红的手指头数着过的日子。

而过了冬天，就又是欣欣向荣的春天了。

# 夏天是个拟声词

"夏天"是个名词,也是一个拟声词。

刚刚还是春风拂煦,神清气爽,气温一夜之间嗖地蹿上来了,三十多度的高温,不打招呼,说来就来,来了,不持续个八九十天,不烤得大地滋滋地冒油,不晒得你啪嗒地汗流浃背,它是不会离开的。

夏天的风也是热呼呼的,无论是狂风大作还是微风习习,都火辣辣的,热情得不得了,扑面而来,无处可躲。冬天的风是冽冽的,秋天的风是簌簌的,春天的风是嘤嘤的,唯夏天的风是多变、无常的。它时而是訇訇的,时而又是嗖嗖的,时而是嗷嗷的,时而又是咝咝的,不甘寂寞,动静很大。

雨总是跟在风的后面。夏天的雨,大多是急性子,来得快,哗哗啦啦就下了,去得也快,转眼无影无踪,只剩下屋檐还在滴滴答答。夏天的雨,往往又大又急,落在屋顶上,是噼里啪啦的,落在伞上,是乒乒乓乓的,砸在地上,是扑通扑通的。那么多的雨水，一下子倾倒下来，地面之上，到处是咕噜咕噜的流水声，还有行人脚踩着积水的唰啦唰啦声。夏天的雨，把你能想到的水的拟声词，一股脑儿呈现了出来。

还有轰隆隆的雷声呢。一道闪电之后，雷声轰然而至，这是夏天标志性的声音。倘若是天边的闪电，雷声是咚咚的，这样的雷声，沉闷，遥远，像远处擂响的战鼓；倘若是你头顶上炸开的雷，它的声音是咔嚓一声，如天崩地裂，吓你一哆嗦。最可怕的是深夜的雷声，哐当一声，直接在你的床头炸响，如山崩，若海啸，似天塌，将你的美梦炸成无数碎片。

天太热了，很多鸟都热昏了头，噤声了，不肯歌唱它们的爱情了，却有一种小虫，奏响了夏日大合唱，那就是知了。可惜它只会一种声音，像一个自恋者，不停地呼喊着自己的名字——"知了，知了"。如果翻译成我们人说的话，完整的句子应该是"知道夏天来了"，抑或是"知道天太热了"。知了的叫声，没能让夏天变得清凉，只是徒增我们的耳朵对于热度的强烈感受。更有蚊子在耳边嗡嗡地飞行和偷袭，让夏天变得更加烦躁。青蛙也不甘寂寞，呱呱地叫唤，青蛙也只会这么一个拟声词，但它总是试图让自己的叫声显得不那么单调，"呱，呱呱"，或者"呱呱，呱呱，呱呱呱"，能把一个词唱得这么抑扬顿挫，有节奏感，青蛙显然已经尽力了。

好听的是一种鸟的叫声。当别的鸟都热得懒得发声的时候，布谷鸟隆重登场了，夏天可是布谷鸟的主场，它怎么能失声呢？虽没有夜莺动听婉转的歌喉，但布谷鸟也算得上鸟界的声乐家，它的叫声简单，却纯粹，有韵味，或"布谷"，或"布谷，布谷"，或"布谷布谷，布谷布谷"。你听出来了吧？布谷鸟的叫声是分成两声、四声和八声的，很有艺术天赋呢。如果你的耳朵再配合一下，你听到的声音就是"播谷，播谷，快快播谷"，多么励志的叫声，多么勤快的鸟，多么热爱劳动的鸟。

夏天固然是最炎热的季节，却也是生命力最旺盛的季节。你到乡村去，能听到水稻噼啪拔节的声音，鱼溯流而上哧溜哧溜的跳跃声，鸭子回家路上嘎嘎的叫唤声，孩子扑通扑通跳进池塘的欢快声。你还能听见在庄稼地里挥汗如雨的农民的汗珠滴滴答答砸到泥土里的声音，这是最值得尊敬的一种夏天的声音，你在土地上以及城里听到的每一滴劳动者汗水窸窣流淌和啪嗒滴下来的声音，都是这个季节最美妙的音符。

而我在黄昏的街头看到的一幕，温馨而从容。一个买西瓜的市民在一个卖西瓜的农民摊位前停了下来，他拿起一个西瓜，弯着手指，弹着西瓜。滚圆的西瓜发出咚咚或扑扑的声音，这声音是脆而熟的，是糯而甜的，它让燥热的夏天，忽然安静下来，如吱呀一声打开的家门，我听到了夏天这个拟声词，为我们谱响了一曲生活的交响曲。

# 风的样子

风长什么样子？

寒冷的冬夜，我被呜呜的风声吓醒。我不怕风，但我害怕风在漆黑的夜晚发出的凄厉的哭声。我奶奶说："娃，不怕，风被夹住了。风是从我们家门缝钻进来的，像个过路的人，想从我们家得点儿暖。"奶奶用了"夹"这个字。那时候我还没上学呢，不认得这个字，但是我知道我用筷子攕一块肥肉的时候，就是夹。这样的机会不多。但还有呢，我用食指和大拇指，轻轻地将一只休息在树枝上的大蜻蜓捏住，也是夹。蜻蜓奋力扇动翅膀，想从我的指尖逃走，扇起一阵微风，那就是风的样子。

我确信就是从那个寒夜开始，认识了风的样子。风一旦有了模样，就不再面目狰狞可怕了。

一个人出门，会习惯性地抬头看看天。他找什么呢？他找风。风后面，常跟着雨。如果他看见了风，他就会加一件衣裳，风会偷走他身上的暖。如果风大，他还会带一把伞，谁知道雨会跟在哪股风的屁股后头呢。他是怎么看见风的？他看树梢，树梢上有风的样子。

在不同的树梢，风的样子，又是不一样的。如果是一棵小树，风又是大风，刮得小树东摇西摆，左右摇晃，恨不能找个墙根扶住。你看到的风的样子，就像一个醉汉。可是，如果是一棵柳树，细长的柳枝，轻轻晃动，飘逸如舞，风的样子就会变得像一个荡秋千的孩子，调皮着呢，可爱着呢。如果是我家门前的那棵大榆树，你看到的风的样子，则像一群放学的娃娃，忽然从校园里拥出来，到处都是小脑袋。它还像村口池塘里的鱼，突然炸了锅，在水里扑腾，溅起无数的水花。

如果出门的人，头仰得更高一点儿，他就能看见天空，也看见在空中飞跑的风的样子。是云带起了风，还是风赶着云跑，我不知道，但你看到的不断变化的云的样子，一定就是风的样子。云有多白，天上的风就有多白；如果云的心情不好，是乌的，风也会跟着铁青了脸。有时候我们也会看到头顶上的云一动不动，像睡着了一样，风肯定也躺在云上面睡着了，做着梦呢，但它随时会翻身而起，跟云一起继续远游他乡。

微风是微风的样子，大风是大风的样子，狂风是狂风的样子。风的样子是多变又善变的，它才不愿意一辈子只保持一种表情、只长一个模样呢。它一会儿是一张孩童稚嫩的脸，一会儿又换成少女羞涩的样子。一会儿又变成爸爸生气时凶巴巴的模样。风的样子从不固定，这给幼儿园里正在学画画的孩子出了个难题，老师让他画风的样子呢。妈妈的样子他能画出来，花的样子、树的样子、房子的样子他也能画出来，可是，他还没见过风的样子，他就在空白的地方画了三撇，那是我见过的最有趣的风的样子。窗外的风自己也觉得有趣，它就溜了进来，将桌子上的画刮走了。嘿嘿，孩童慌乱地跟在风后面追画的样子，正是风的样子呢。

风在水面上游走的时候，一池春水皱起了眉头，那是风思考的样子；风掠过麦地，金黄的麦芒齐刷刷地倒向一边，刺穿天空，那是风等待收获的样子；风踮着脚尖贴着地面奔走的时候，被它卷起的树叶，跌跌撞撞，从一棵树跑向另一棵树，那是风迷路的样子；风在半空划过，将旗杆上的旗帜撩起，展开，且猎猎作响，那是风骄傲的样子。风吹到哪里，都响起它的声音，风也让一切，呈现出它的样子。

我一直以为，风的样子是凌乱的。它将一个人刚刚梳理好的头发，吹乱了；它将我们正在看的书，翻到了我们还没有看到的那一页；它将一树的梨花，刮得七零八落……风所到之处，无不凌乱。我们就以为风的样子，一定是零散的，是混乱的，是无序的。风才不是这样呢，凌乱的是头发，是衣服，是树叶，是池水，是人，是雨，而不是风。风自有风的样子，它也许搅乱了这个世界，但它自己从不凌乱。

风来过，风又走了，风永远是个过客。它不会只待在一个地方，任何地方待久了，它都会觉得腻歪，它厌倦静止，它不喜欢一成不变，它总是在路上。如果真要问风长什么样子，那我告诉你，奔跑，永不停歇地奔跑，向前，从不停止自己的脚步，那才是风原本的样子。

# 唤醒花仙子

快递小哥打电话说我有一单快递,是一大捆鲜花。

他用了"捆"这个字。你不能说他用词不准确,它确实是一捆,纸箱包裹着,胶带缠绕着,又粗,又厚,又长,又沉,一路风尘。但我觉得,这个"捆"字,将那些鲜花给束缚住了,似拘谨,若镣铐,于花不宜。鲜花,你用朵、枝、捧、簇、束、团、丛、抱,皆无不可。一捆,就多了粗鲁,欠了吝惜,少了美意。

是一位云南的朋友寄来的。真是盛情。忙电话告知朋友,鲜花收到了,表达谢忱。朋友说,别谢他,先谢花。谢花?一时没明白君意。朋友笑着说,不是谢,是醒,醒花,将花唤醒。

醒花?

是这些鲜花都睡着了吗?从昆明到杭州,距离千余公里,想这些鲜花,被花农采摘下来,进了花市,被我朋友相中,打包发快递,一路舟车劳顿,辗转来到我的家中,可不是又累又困,又饥又渴吗?我小心翼翼地拆开包裹,见那些花骨朵儿,果然一个个蔫蔫的，没精打采的样子，像极了我每次从外地长途跋涉回来。唤醒一个疲惫的人，只需要让他沉沉地、美美地、实实地睡一觉，他的神就回来了。可怎么唤醒一朵花呢？

朋友见我真是一个"花小白"，便又详细地教我怎么醒花，一步一步地去唤醒花仙子。

将花铺展开，一枝一枝地拿起来，将底部的叶子摘除一些。鲜花被切摘后，脱离母根，花朵和叶片就都只能靠枝干提供水分了，叶子越多，需要的水分自然也就越多，摘除一部分叶子，就是保证花朵有足够的水分。我觉得这一步，是要摘去一枝花多余的念想，以蓄积最后的力量，去绽放一次。

接下来，还要将底部的枝条，剪去一二十厘米。我看看枝条的底，差不多都干枯了，没有了生命应有的绿色，像结痂的伤口，又像一个句号。一枝被采摘下来的花，它的生命，就是从这里开始，一节一节地往上画上句号的。新剪出的切口，渗出汁液，泛出生命的绿。再插进蓄了水的花瓶里，新切口就能吸收水分，为花朵和绿叶供水。这样的方法，还可以多次使用，隔几日，再剪掉一部分枝条，新的切口又能维持几日。我一边修剪，一边想，这些鲜花啊，是用伤口在呼吸呢，是用一个又一个新伤口，在为自己续命，换取花朵绽放的力量呢。

摘叶和剪枝后，还要将花整个沉入水中浸泡。这是醒花的最后一步。我将这些鲜花没入水中时，感觉就像给一个困顿极了的旅人，轻轻盖上被子，让他好好地蒙头大睡一场。他这一路，一定遭受了很多，你看他沉重的眼皮子，多像褶皱了的花瓣？你看这一朵朵内卷的花瓣，多像一张张沧桑困倦的人脸？

这一步不需要太多的时间。一枝被采摘的花，时间所剩不多，它必须尽快苏醒，它必须从梦境或绝望中挣扎出来，抓紧时间开放。一二十分钟后，当我将这些鲜花从水中捞出来，我被眼前的鲜花惊呆了，像午寐后苏醒的少年，又像一群刚沐浴过的少女，生命的活力骤然回归，它们恣意绽放，翠艳欲滴，就像我在春天的枝头，看到那些盛开的鲜花一样，鲜活，蓬勃，怒放。

　　不是我唤醒了它们，是水唤醒了它们，是它们用自己的伤口唤醒了自己，是它们执着于绽放的梦想而一次次自我唤醒的吧。

　　就算终将枯萎，当我醒来，我必绽放。

# 像滑手机屏一样，滑一滑春天

春天是滑着春风来的。

冬天早为春备好了滑道。冬天有多寒冷，寒风有多刺骨，它为春天打造的滑道，就有多滑溜，就有多顺畅。滑道长一点儿，远一点儿，起起伏伏，有什么关系？正月一过，朔风摇身一变，就成了春天的滑轮。春踩着春风，想滑多快，就滑多快，想滑多远，就滑多远。哪个角落它都要滑过去，瞄上一眼，仅此一眼，草就绿了，花就开了，树就发芽了，娃娃脸上的冻疮就消失了，气色就红润了。

春应该是自南而北滑来的，冬天在南方打造的滑道，有点儿薄，有点儿脆，有点儿短，有点儿潦草，春刚滑过去，滑道就在它的身后倏忽消失了。它必须滑得更快一点儿，免得半途之上，冰道就全融化了。再说，春可是个滑冰的好手，它要赶去北方最好的滑道，显一显身手呢。它滑过了一条江，它滑过了一条河，它滑越了千百个山头，不出三月，它就能滑到最北的北方。有时候，它也会半途之上，调皮地来几个大回环，显耀一下它的滑技，它滑得有多缭乱，这个春天就有多让人眼花。

我想像滑手机屏一样，滑一滑春天。

如果春天真的可以像手机屏一样滑一滑，我的感受应该是这样的——

它可以上下滑动。春天的页面实在是太多了，春天留给我们的时间又这么短暂，我们怎么可能将春色阅尽？你滑到的一页，梅花才打个苞，下一页，南方的油菜花就已经盛开了，滑得慢的话，北方的小麦，就要抽穗了。我必得一页页快速地滑过，才能多看一眼这个春天的姿色。就像去年春天，我只去杭州的超山，看了一眼梅花，还没来得及转身，就错过了婺源的油菜花。这个春天，我想滑到杭州太子湾公园看郁金香，也想滑到壶口瀑布，看它是怎么从冰冻之中重新"活"过来的，还想滑到遥远的黑龙江，看看江水解冻的壮观场面。如果春天可以像手机屏一样滑一滑，我必不会像往年那样，错过那么多春天的信息。

我快速地下滑，如你见过的街头最灵巧的那只手，飞速地滑动，将各地的春景，滑到我的面前。一定有太多的页面，吸引住我，令我忍不住停下来，细细地观赏。原谅我只能给你三五秒钟，就像我刷手机时，也不敢多停留一样，下一页总是更加让人神往。

就算滑得再快，你也免不了错过后面更多的风景。每个春天，我都错过太多花的盛开，也错过太多拔节的春笋，是的，每个春天我都会留下很多遗憾。就算春天自己，它滑过的地方，忽然鲜花盛开，它也来不及多看一眼，因而也错漏了很多吧。

我一定会选择几个页面，停下来，认真地看几眼，将它们像光盘一样，刻进心里。如果我爱上了春天的某个页面，我就会用两个手指将它轻轻捏住，像我滑手机屏时一样，滑开，放大，瞅一瞅春天的细节，这会让我大吃一惊。我看到了春天的一朵花苞，是怎样缓慢绽放的；我看到了一棵嫩芽，是如何从冻土里努力探出小脑袋的；我还看到了一只小虫卵，是怎么羽化成一只春天的飞虫的……这些春天的细节，唯有放大了，唯有贴近了，唯有用我们的指腹，将它温柔地捏到眼前，才能看得稍稍清晰一点儿。

我也一定可以左右滑动，去看下一个界面。春天不会只有一个主题，也不会只有一个界面，最美的未必做了封面，越往后的界面，反而可能掩藏着更多的秘密。心细如雨丝的春天，将春天分割开来，设定了一个个主题，做成了一个个软件，或者打了包，藏在某个"春"字头的文件夹里。我对哪一个感兴趣，我就点开哪一个，春天从不会让我失望，它设计的每一个软件，都值得我流连。

就像有时候我滑得匆忙，触动了某个键盘，手机会锁屏一样，春天也会调皮地锁屏，让你忽然就看不见摸不着了。春天也像我们的手机一样，设置了密码吗？

春嫣然一笑。也许你的笑脸，就是春天的密码。

# 夏天的云

你看看夏天的云，就知道夏天是个什么脾气了。

夏天的云，说变就变。刚刚还晴空万里，转瞬之间，就可能乌云密布，电闪雷鸣。也可能刚刚还倾盆大雨，忽然就云开雾散，艳阳高照。夏天的云，跟小孩子一样，说哭就哭，哭着哭着就笑了，说笑就笑，笑着笑着又哭了。

夏天的云，姿态万千。有时候是一丝一缕的，像裁缝的碎布条；有时候是一团一团的，像炸开的棉花；有时候是一层一层的，像山水画的意境；有时候布满天空，黑压压的，密匝匝的，让你喘不过气来；有时候又万里无云，不知道躲哪儿纳凉去了。如果我们把夏天的云比喻成天空的衣裳，你会发现，天空跟爱美的女人一样，衣柜里似乎永远少那么一件衣裳。夏天的天空，少不了云的点缀，云随意搭配，就将天空打扮得时尚而善变。

夏天的云，也是不安分的。偶尔它也会静若处子，就那么一片，两三片，挂在天空，一动不动，陷入禅境。我们很容易被它安静的外表给迷惑了，以为这一天，它都会那么恬静，殊不知夏天的云，甭管它是一片还是一簇，一缕还是一团，它都有一颗不安分的心，它随时会动起来，疾走，或者奔跑，翻腾，或者摇滚。小时候我在旷野上走路，忽然一团云替我遮住了烈日，它的阴凉，让我凉爽而感动，可是，很快它就会奔跑起来，我的步伐永远赶不上它的节奏，很快阴凉就跑远了，将我重新晾在烈日下。

夏天的云，多是白色的，天越蓝，它就越白，云越高，也越白。白的云，单纯，文静，不爱惹事，不兴风作浪，它就纯粹地白着，仿佛就是为了来映衬天空。但白云后面，可能暗藏着一丝灰的或黑的云，它们就不那么老实了，随时打算变脸，把天空打翻、搅乱。我小时候就看出来了，太阳是个偏心眼儿，只给早晨的云和傍晚的云穿花衣裳披上彩霞，映照得村庄都是红通通的，我们小孩子的脸也只在那一刻是红通通的。

大多数的时候，夏天的云似乎都喜欢待在天边，它们厚厚地堆积在地平线上，遥望着我们。风来了，会从天边扯一两片云，刮到我们头顶。这样的云，往往只带来微风，帮人们遮个凉，随后就飘走了。晒谷场上的大人们，不怕头顶上的云，那顶多只会挡一阵阳光，不碍晒谷子。他们经常手搭凉棚，看天边的云：如果它们只贴着地平线游走，那就相安无事；如果它们突然翻滚起来，像沸水一样，汩汩地往上涌，再伴个一两声沉闷的雷声，说明雷阵雨要来了。大人们赶紧收场，庄稼地里的人们也纷纷放下手头的农活儿，赶往晒谷场帮忙。这样的云，裹挟着风雨雷电，跑得比贼人还要快，很快乌云压境，大雨倾盆。但它们来得快，去得也快，只把人和没来得及收拢的稻谷淋成个落汤鸡，它们就呼啦啦奔向下一个村庄和晒谷场了。夏天晒谷子的那些天，最让人提防又防不胜防的，就是这样骤变的云。

夏天的云，都是从远方来的，你抬头看到的头顶上的云，都是远方的来客。没有一片云，是从我们头顶上生成的。它总是请而不至，不请而来，且说来就来，说走就走，丝毫没有商量的余地。有的云，喜欢坐在远处的山上，这样它能看得更远一点儿吧；也有的云，喜欢聚集在水边，你看到湖面尽头的云，与湖水融为一体，水天一色；还有的云，调皮好动，喜欢挂在半空，忽东忽西，忽南忽北，随心随性，快乐自在。

同样是云，在不同季节，性情也是不一样的。春天的云，就要婉约得多，它是软绵绵、慢吞吞的，永远不急不徐的样子，它要么不来，要么来了就赖着不走，能给你连下三天三夜的雨，但雨却不大，淅淅沥沥，滴滴答答，让人顿生春的惆怅；秋天的云，跟秋天的风一样，是干燥、少水的，它来了，却很少带来雨水，反而将空气里的水分都掠走，秋天的云，因而是淡淡、干干、薄薄的；冬天的云，会慢慢变得厚实，像是给寒冷的天空盖的厚被子，它是冰冷、生硬的，没有了云应有的飘逸，仿佛下降的冷空气，将云也冻住了；唯有夏天的云，是激烈、火热、豪迈的，它呼风唤雨，它豪情万丈，它奔腾激越。夏天的云，犹如这个火热的季节，它带来炎炎烈日，也带来疾风暴雨，它燃烧自己，也一次次浇灭自己。它不安分，总是要折腾，时刻在变化，它奔跑着，翻滚着，嘶吼着，呼啸而来，仰天而去。夏天的云，是云中的侠客，你只能在夏天，与它相遇，相见。

金庸的《神雕侠侣》中有一段话："你瞧这些白云聚了又散，散了又聚，人生离合，亦复如斯。"他说的，一定是夏天的云，只有夏天的云，更接近于我们聚散无常的人生。你抬头看看这夏日的天空，那些飘来飘去的白云啊，每日变化多端，奔腾而激越，何似我们不甘心的一生？

# 高架路上的花

高架路上本没有花。

一条高架路,全是钢筋水泥和沙子浇筑,一粒土都没有,别说花了,草都活不了。没有花,没有草,没有树,高架路单调而寂寞,人们便在两侧护栏的凹槽里,摆放了一个个花盆,花盆里埋了土,土里撒了花籽,施肥,浇水。老天爷也乐意帮忙,隔几日下场雨,花籽就活了,冒出嫩芽,长出枝叶,开花了。

花都是月季。这种花,耐旱,不娇贵,花开出来也好看,一团一团的,一簇一簇的,黄的,红的,紫的,白的,五颜六色。它也不疯长,长到自成一团,比高架路的护栏高出尺许,它就停止了枝叶的扩展,只专心地开花。这个高度和密度,既不挡路,也不影响开车人的视野,恰恰好。是花自愿长成这样,还是被反复修剪过,不得而知,反正我在高架路上行车,看到两侧的花,总是恰到好处,不逾路,不旁伸,也不攀高。一朵花,还懂这么内敛,不容易。

当然，人们选择在高架路上只种月季，还因为它是开得最勤快的花，它热衷于开花，它总是开花，好像除了一次次绽放，它就没有别的事情可做了。我的朋友上个月从安徽来杭州，下了高速，就上了入城的高架路，一路上的花，让他陶醉。这个月他又来杭州了，又看到了高架路上一路盛开的花朵。他疑惑，是杭州的花不败吗，还是它们都是骗人的假花？花当然是真花，败也是败的，只是杭州好客，而你又来得正是时候，花都为你盛开呢。我的朋友乐开了花。

你在高架路上看到的花，都是呼啸而过的，时速八十千米。这与你在地面看到的花是不同的，在公园，在居民小区，或者在郊外的路边，你都可以为其中的一朵花停下来，盯住它看，看得它都不好意思了，红的更红，粉的更粉。高架路上不行，它是让你快速通过的，你不能为了一朵花而放慢速度，甚至停歇下来，高架路两侧的花，是一个整体，连成一条线，列队从你的车窗外，呼呼而过。你看不出这一朵与下一朵有什么区别，高架路上的花，不搞个人主义，不一枝独秀。只有高架路上堵车了，你才有机会多看身旁的花一眼，只这一眼，堵车的焦虑就化解了一半。你怎么好意思，在一朵花面前失态呢？

高架路上的花，每天都看着来来往往的车，奔东奔西。它不移动，它一辈子就在这儿了，如果有什么心思，它就让心思附在一辆路过的车上，被带往远方。被带去了，就没有回来过，所以你看不到也看不懂一朵花的心思。它看到的永远是飞奔的车轮和被车轮带走的模糊的人影，它一定以为这天下的人啊，永远都是这么匆忙。偶尔，它探身好奇地看一眼高架路下，牵着小狗悠闲漫步的人，会不会以为那是另一个世界？

除了车，风也是高架路上的常客。风可不是一个规矩的行者。有时候，它会沿着高架路，从南往北，或者自东向西，跟路上奔驰的车赛跑，它发现，高架路简直就是风最好的跑道；也有时候，它偏横着刮，越过护栏，跨过护栏上的花，横穿高架路。你看不到风的身影，你能看到的，是高架路两侧的花，被风摇曳、撕扯，惊散一地的花瓣。也有的风，是从高架路下穿过去的，桥墩与桥墩之间，像一个个门洞，风来回穿梭，觉得好玩吧。它这样来回地折腾，忽然发现，咦，怎么上面还有一层？它就翻身而上，看到了高架路上的花。风是调皮的，树叶、炊烟、旗帜、地上的塑料皮，还有悬在高空的这些花，都是它最好的玩伴，只有它们，才能体现它的存在。你知道可怜的花，为什么总是乱颤了吧，风里的花香，是它被揉碎的心呢。

一条东西向的高架路，上面的花，是有福的。往东，它有幸看到太阳是从路的尽头，像一颗弹子，弹跳而起的；向西，它看到了夕阳咕咚一声落下，就像车胎崩起的一粒石子，不知它是从哪儿来，也不知道最终落到了哪个角落。

每次开车上高架路，我都是为了更快地到达目的地，我路过这些兀自盛开在高架路上的花朵，亦如这些花，只是一次次，快速地路过我的生活。

# 冬天的树，穿上了白袜子

它看起来更像是裤子。但对于那些高七八米，甚至十几米的树来说，这条一米左右长的裤子，就显得太短了，树的腿有那么短吗？这肯定不符合一棵树的美学，树会觉得我这个比喻丑化了它。说它是袜子，就比较贴切了，只是我们看不到树的脚，它的脚埋在土里，大地是树们共同的大鞋，一棵树就是穿着这只鞋走遍天涯的。你看不到一棵树的移动，树行走的方式与人不一样，它的根在地下游走，每一粒土，都是它的路。

往树腿刷白石灰的人，是个细高个儿，他的肚脐眼儿距地面正好一米，这也就成了一只树袜子的高度。他的左手拎着一只桶，桶里是稀释的白石灰，右手拿一把刷子，蘸满了白石灰，以自己上衣下摆的第二粒纽扣为刻度尺，从上往下刷。白石灰往下淋，一条一条的，一缕一缕的，像泪痕。他刷得很细致，树干上的每一个缝隙都不放过。有的树皮皲裂了，他就将它撕下，一块死掉的树皮，已经不是树的一部分，就像我们的头皮屑，难看，也不是我们的一部分。用不了两三分钟，他就将一棵树的白袜子刷好了。树冠从上面俯视自己的腿，被刷得白白的，整齐，好看，高兴得一哆嗦，最后几片叶子就落下来了。冬天就是在树叶的飘零中，纷纷扬扬地落下来的。他拎着桶，走向下一棵树。他的身后，是一排已经穿上了白袜子的树，一眼看过去，齐刷刷，有了列队的感觉。它们本来就是站成一排的，但树有高矮，有胖瘦，有大小，现在统一穿上了白袜子，高度又一样，就更齐整了。如果你是开车经过，它们就齐刷刷往你身后跑，你会发现，穿着白袜子的树，似乎跑得更快一些，其实是那些白，跑得快。

我在小区里，看到物业的园林师傅，也在给我们小区里的树穿白袜子。小区里的树，跟路旁的行道树不一样，它们大大小小、粗粗细细，又不站成排，东一棵西一棵，很随意。但园林师傅给它们穿的白袜子是一样的，他也是以自己的肚脐眼儿为标尺，刷成统一的高度。最大的那棵银杏树，已经在我们小区活了二十多年，比我刚搬来时，已经高出好几米，穿的白袜子，却一直还是那个尺寸。它会不会觉得有点儿不合脚？银杏树不说话，我也不知道。我看见隔壁楼的小男孩儿，经常跑到那棵银杏树下，跟银杏树的白袜子比高度，身体笔直地贴着树，手从自己的头顶比量过去，哈哈，比白袜子高了。小男孩儿大呼小叫，蹦蹦跳跳跑回家去了。我相信他家里的墙上，也一定被他刻了很多高度，墙看着他一天天长高，不过，他似乎更乐意跟一棵粗大的银杏树比一比，谁长得更快。

我问园林师傅为什么给树穿上白袜子。师傅直起腰，说，主要是防虫。有的虫，到了冬天，会爬上树，钻进树洞或树缝里，躲过冬天，春天来临的时候，它们就会苏醒，繁殖，吸食树汁，祸害一棵树。白石灰阻断了虫们爬树的梦想。师傅还告诉我，刚才我说这是"白袜子"，还真是那么回事，白石灰还有吸收阳光的保暖作用，帮助树熬过冬天。这倒是我没有想到的。

不出一两个星期，城里大多数的树，都穿上了这样的白袜子。寒风从一棵树梢，蹿到另一棵树梢，将它们的叶子摘得光秃秃的，这样，后面的寒风，能往南跑得更快更远一点儿。寒风显然也看到了树腿上的白袜子，它绕着树干旋转，狠命地撕扯，以为可以像扯一片叶子那样简单，这只白袜子，却已经成了树的一部分。再说，即使是杭州这样的地方，也有很多树是不屈于寒风的，再冷的冬天，它也不肯落叶。

2022年第一场雪降临的时候，早起，我从楼上看下去，满地的白，一时错觉，以为是这么厚的积雪，定神才看清楚，平铺的是雪的白，站着的是白袜子的白。白与白连在一起，白茫茫一片。可惜，杭州的雪一向来得慢，去得快，当太阳出来的时候，平铺的白就融化了，只留下那些站立的白袜子的白，在苦等春天。当大地重新绿油油的时候，那些穿着白袜子的树，就会像站立在翠屏之上的白鹤，白绿相间，何其美艳。

# 一棵树的移植哲学

树挪死。

当然不一定。事实上,很多树从乡下挪到了城里,或者从偏僻之地挪到了道路的两旁,却活了下来。一棵树能挪而不死,关键在移植方法。

一棵树,从一个地方移植到另一个地方,就像一个要背井离乡的人,彻底地告别故土。它能不能活下来,很重要的一条,是看它带走了多少故乡的泥土——紧紧包裹着它的土球,一定要足够大,足够紧实,像一个人身上的乡音一样,无论走到哪里都不嫌弃,不离不弃。哪怕是从贫瘠之地挪到富饶之土,一棵树,也一定要带上它原生的土壤才能活下来。带着故土,换了新地方,一棵树就有了念想,也就有了活下去的勇气,这是一棵树对故土的依恋,你必须要充分尊重它。

一棵树,尤其是一棵有了年头的大树,它的根须早已深深地扎根在了故乡,它们在泥土之下,盘根错节,构筑了自己的根基,在故乡站稳了脚跟。我们在移植它的时候,将它的根须带走得越多,它成活的概率就越大,可惜,我们不可能将它所有的根须都挖走,便只能"挥泪斩马谡",将它多余的根须砍掉、斩断。它一定为此痛不欲生,伤口上的树汁,就是它的眼泪。除了为它包扎、处理好伤口,我们无法帮到它,但我们至少可以允许它在新的地方暗自疗伤。这需要一点儿时间,还需要一点儿耐心,如果我们在它移植后的第一个春天没有看到它发芽,不要着急,不要气馁,它的新根须也许已经萌生,并触碰到了周围的新泥土,只是这一切,都发生在地下,我们没有看见。

为一棵移植的树,提前挖好一个大坑,也是必需的。这个坑,就是它的新家了。你要舍得下力气,为它挖一个足够大、足够宽敞的坑。不是随便一个坑,就可以安顿一棵大树的,你要知道,它的新根须很脆弱、很娇嫩,需要有足够的空间让它伸展、探索并扎根下去。我看见有的人挖的树坑,很小,很浅,很敷衍,他忘了一棵树不同于一棵草,它的一半的世界是在泥土之下的,一棵树只有深深扎根于大地之下,才能活下去,也才能站成一棵不倒的风景。

自带的土球,是一棵树能不能活下去的关键,但也不要忘了,唯有与移植之地的新土融为一体,一棵树才算真正挪活了。所以,为它培土,也非常重要。这些新土,最好是松软的,有营养的,不带病菌的,不排斥一棵新来的大树的。所有的泥土,都甘于为植物们奉献,哪怕它是外来的,不请自来的;所有的大树,也总是乐于将它们的根,钻进泥土的深处,就像一个孩子,总喜欢一头扎进母亲的怀抱里。但它们终究还是生疏的,你需要用脚将它踩踏实，让新泥土和自带的泥土融合，让新泥土像怀抱一样，将土球和树根，紧紧地揽入怀中。

接下来的事情，可能有点儿残酷：为了确保一棵树挪活，你得下点儿狠心，将它的叶子剪掉，将它的虬枝旁干锯掉。曾经枝繁叶茂的树冠，忽然成了一副光秃秃的模样，确实让人看着心疼，但这是真正为了它好，是为了不但让它今天活下来，而且明天能够更加枝叶繁盛。一棵挪活的树，可能几年之内，难现昔日的辉煌，不过，假以时日，它一定能像往日一样，撑起一把巨大的绿伞，再次为我们遮阳挡雨。

此外，让一棵树挪而能活，为它浇水、施肥、除病虫害，让它晒太阳，也是不可或缺的。很多人以为，对一棵新移植的树，一定要勤浇水、多施肥，才能保其活命。这真是一个天大的误解，事实上，你泛滥的好心和溺爱，可能非但无益，反而害了它。多余的水分，反而烂了其根；油腻的肥分，反而淹了其志；过度的阳光，反而使它的嫩芽暴毙。你要知道，一棵真正的大树，从来都不是娇生惯养的，即使它被移植，即使它背井离乡，即使它饱受苦难。

人挪活，大约也是这个道理吧。

# 倾斜六十五度的阳光

阳光穿过云层，越过前面大楼的楼顶，闯进了我们的办公室。天气终于放晴了，连续阴雨了十来天，拧一把，每个人的心都能拧出一大盆水来。

他急匆匆走到我身边，向我请假，回一趟家。我看看时间，下午两点一刻。每次，只要天气晴朗，他都会在这个时间左右，请上半个小时假，回家转转。我对他的家庭情况了解并不多，只知道他和奶奶生活在一起，他是奶奶一手带大的。如今奶奶年纪大了，一个人在家不安全，他常回去看看，是对的，好在单位离他家不远，骑车十米分钟就到，所以，每次我都会准假。只是不太明白，他为什么总是选在这个时间回去，而且一定要在天气晴好的日子？

正好要到他家附近的一个单位谈一笔业务。我说："那我们一起去吧，你顺便去家里转下，然后我们一起去谈业务。"

骑着车，穿街过巷，阳光时而温暖地洒在我们身上。

拐进一条小巷,在一幢灰旧的居民楼前停了下来。四周都是高楼大厦,使得这幢老楼显得特别矮小,前面高楼的影子,像笼子一样,将老楼罩住。他说:"我家就住在这里,进去坐坐?"

我点点头。走进楼洞,眼前骤然一暗,眼睛一时都适应不过来。

二楼。他掏出钥匙,打开了门。屋里很暗淡,里屋传来一个老太太的声音:"是彬啊,你回来啦?""彬"是他的名字。他大声应道:"奶奶,是我,还有我领导,也顺路来看看你。"

他招呼我在客厅坐下,便匆忙走进房间,抱了一床被子,走到阳台上。然后,又回到房间,搀扶着一位老太太,慢慢走了出来。我站起来,向老人问好。老人颤巍巍笑笑。

他将老人搀到阳台上,我赶紧帮忙,上前将阳台的门拉开。很逼仄的老式阳台,摆着一张躺椅,躺椅上铺着一床棉被,几乎将整个阳台占满了,边上放着几盆花草。他将奶奶扶到躺椅上,躺下。我惊诧地看到,一道阳光正好洒在躺椅上,那是从前面两幢高楼的间隙,照射过来的。老人眯着眼睛,笑着说:"老天终于放晴了,今天的太阳真好啊。"

他帮奶奶掖好被子,说:"天气预报说,后面几天都是晴天呢。"

老人用手遮在额前说:"那敢情好啊。好了,彬,你快去上班吧。"他附在奶奶耳边说:"那等会儿你自己回房间时,小心点儿啊。"

告别老人,走出门,他忽然站住了,和我聊起来。他说,因为前面的楼太高,阳光都被遮挡住了,每天只有下午两点半到三点半这一个小时时间,才能透进一点儿阳光,照到阳台上。这个时间的阳光,与地面正好成六十五度角。他又说,奶奶年纪大了,身体不好,腿脚也不方便,不能下楼晒太阳了,所以,只要晴天,有太阳,他就会回家,帮奶奶在阳台上放好躺椅,铺好被子,然后把奶奶搀到阳台上,躺着晒晒太阳。

原来是这样。我重重地拍拍他的肩膀。曾经有段时间,我对他经常上班中途请假,还有点儿看法呢。难得他这么孝顺,这么细心,这么周到。

他叹口气,告诉我,小时候,他家前面的大楼,就一幢幢建起来了,唯独他们这幢老楼,一直未拆迁。高高的大楼,将他们家整个笼罩在阴影中,几乎常年见不到阳光,晾晒的衣服,其实基本上都是阴干的。时间一久,整幢老楼,都散发着一股潮湿的霉气。但是,很奇怪,冬天,他盖的棉被,却总是暖暖的,蓬蓬松松的,弥散着一股阳光的气息。后来他才知道,只要天气晴朗,有太阳,奶奶就会准时赶回家,将他床上的棉被,拿到阳台上晒晒。太阳能照到他们家阳台上的时间,只有那么短短的一个小时,所以,奶奶拿去晒的,总是他的棉被。那时候,奶奶刚退休,帮人家做钟点工,她和雇主只有一个要求,就是天晴的时候,下午两点半,准假让她回一趟家。

他的眼睛,湿湿的。他说,小时候,他穿的衣服,总是干干净净,从他身上,你几乎嗅不到一点儿老楼的霉旧灰暗气息。他说,奶奶把所有能照到他们家的阳光,都照射到他的衣服和被子上了啊。他坚定地挥挥手说,现在,他最大的目标,就是尽快买一幢能经常晒到阳光的房子,让奶奶在阳光下安享晚年。

我相信他能做到。

回头,前面大楼的影子,已经笼罩了这幢老式居民楼,但我却隐约看见,另一束阳光,一直照射着它,温暖,明亮,持久。

# 第四辑
# 藏在米粒里的暖

在那个并不富裕的年代,如果只有一碗白米饭,我们一定共享。米粒变成了饭粒,它带着珍藏的暖,落进我们的胃里,让我们温暖,帮我们长大。

# 你的手一搭，我就感受到了

看到一个视频。一个七八十岁的老奶奶，艰难地拉着一车的废纸箱，向上爬坡。正在后面行走的小伙子，见状，伸手搭在废纸箱上，帮她推一把。

老人似乎没有察觉，没有回头，继续佝偻着腰，用力地往上拉，一步，一步。

上了坡，就是一家废品收购站，老奶奶将车停下，转身对身后的小伙子说了一声"谢谢！"又加了一句："你的手一搭，我就知道是有人帮忙了。"

她不是没有察觉，只是上坡太累，她不敢松懈，也不敢回头向帮助她的人及时说一声"谢谢"。但那只手搭上她的车，帮她往前推的时候，她就立即感受到了。

我有过那种肩头一松的感觉。

年少时，暑假回乡，我们这帮中学生，都要去生产队上工，需要一点儿技术的农活儿，我们做不了，太重的农活儿，我们也吃不消，队里给我们安排的活儿，都是一些相对轻松的。但即使轻松一点儿的活儿，对我们这些一直在念书的孩子来说，也是很重的体力活儿，一天农活儿做下来，常常感觉骨头都累散架了。

最累的活儿，是挑担子。麦子、油菜籽、水稻，收割了之后，都要从庄稼地挑到打谷场。妇女们负责收割麦子，男人们则一担一担地往打谷场挑。麦子都是一捆一捆的，每捆三四十斤，村里的壮劳力，一次能挑四捆，或者六捆。我们还是半大的孩子，大人让我们每次只挑两捆，扁担的两头，一头一捆。两捆也不轻啊，至少七八十斤了，没有经过磨砺和负重的肩头，挑起来很吃力，尤其是你蹲下去，将扁担架在肩膀上，准备起身的时候，担子是最沉的，似有千钧之重。咬着牙，憋足气，脸涨得通红，试图站起来。肩上挑着重担，想要直起腰，真的很难很难。但有时候，你蹲下去了，预备使出吃奶般的"洪荒之力"，没想到一挺腰，咦，这一次，竟然轻轻松松就站起来了。难道是自己的力气，突然变大了？扭头一看，原来是正在捆麦子的哪位大婶，伸手帮你抬了一把。可别小看了那伸手一抬，能帮你减轻很大的压力呢。

我比我小妹妹大四岁多。她那时候还太小了，不能帮大人做农活儿，但也常在地头，帮大人递根绳子拿把镰刀什么的，或者捡捡麦穗。她特别喜欢跟在我的身后，像个跟屁虫一样。那时候我刚进入青春期，特别排斥女孩子，即使自己的妹妹也不行。每次看到她跟在我后面，我都要训斥她，将她赶走。有一次，我连续挑了一上午的麦子，腰都快累弯了，最后一担，我觉得自己就快被压垮了，路上却不敢卸下担子休息，因为一旦卸下来，再想重新挑起担子，会变得无比艰难。我挑着一担麦子，龇牙咧嘴地往打谷场走，忽然，肩头一松，肩上的担子好像变轻了一些，但因为是后面那捆麦子变轻了，扁担的重心就有点儿变了，我赶紧将扁担往前移了移，这样，就又稳了。到了打谷场，我卸下担子，看到我的小妹妹，还双手托着后面的那捆麦子，小脸也不知道是晒的，还是憋气憋的，变得又黑又红。我什么都明白了，这一路上，是我的小妹妹，跟在我的身后，用她的小手，帮我托举着那捆麦子呢。我第一次没有呵斥她，歇工了，我拉着她的小手，一起回家。

即使是年轻力壮的大人们，有时候肩上的担子太重，也需要别人帮着托一托，拉上一把。挑水稻的时候，稻田全是烂泥，一脚踩下去，能陷到脚踝，甚至更深，徒步走久了都会累，更别说肩上还担着一两百斤的重担。我们村里有个男的，力气特别大，但是个子却有点儿矮，稻捆很高，脚又陷进烂泥里，以致稻捆的底，几乎是贴着地的。最难的是，走到田头了，还得从烂泥里抬起一只脚，跨上田埂，这一步太难了。有一次，我看到他挑着几大捆稻，上田埂时，努力了几次，都爬不上去。另一个刚挑了一担稻子从晒谷场回来的人，站在田埂上，伸手搭在一捆稻上，往上一提，他借力往上一跨，噌的一下爬上了田埂。

我之所以至今清晰地记得这一幕，是因为他是我们村里的刺儿头，因为力气大，常常瞧不起别的男人，甚至以力欺人，蛮力虽大，却不怎么受人待见。他最在意的资本，也就是自己的人力气，自恃是村里力气最大的人，因而也最忌讳别人质疑他的大力，哪怕肩上的担子再重，他也咬紧牙关撑起来，怕输了自己"力大如牛"的名声。他也因而从不肯接受别人的帮忙。但有一次例外。

那天村里要去镇上的粮站交公粮。公粮都是装在麻袋里的，一麻袋的谷子，重量在百来斤。从村里的粮仓往马车上装粮袋，别人都是一次扛一麻袋，他不，他扛两袋，扛到马车边，肩膀往上一耸，麻袋就翻滚进了马车里，再由赶马车的人，一袋袋码好。等到他再次扛着两个麻袋，走到马车边的时候，马车上已经堆了不少的麻袋，他的个子又矮，肩膀往上一挺，一耸，完了，麻袋没能翻滚进马车，又重重地压了回来，这就不是一两百斤了，而是翻了倍，"大力神"差点儿也被压塌了。正常情况下，为了安全起见，就应该将背上的麻袋先放下来，再由两个人各揪着麻袋一角，给抛上去。他不，他不肯卸下麻袋，而是站定，猛喘了几口气，憋足了劲儿，再次发力。这一次，他成功了。两个麻袋，翻身上了马车上。大力神第一次脸憋成了猪肝色。

那天晚上，他竟然请了村里他最看不上眼的二黑子喝酒。他和二黑子打过架，两个人都打得头破血流，从此成了死对头。他怎么请二黑子喝起了酒？我们这群好奇的孩子，故意来到他家院子外边玩，月色之下，听见他讲话的舌头都发卷了，断断续续地说："麻袋压回来的时候，我差点儿就被砸倒了，我本来是打算卸下麻袋的，寻思丢脸就丢脸吧，总比压垮了腰杆子强。但是，忽然我感觉背上一松，我知道，是有人在背后帮我了，我这才敢第二次挺起腰，将背上的那两麻袋稻谷，硬是翻进马车里。兄弟，谢谢你搭的那把手，帮了我，也救了我……"

这个事情，成了我们村里很长时间的谈资。而因为那伸手一搭，我对他们两个都有了新的认识。

# 美德在民间

为了三十六元钱，一个人苦苦找寻了另一个人，整整三年。

找人的叫老张，是个鞋匠，专门帮人修鞋、擦鞋，在街上开了个修鞋的小店，已经摆了八九年，一直没挪窝，加上修鞋的手艺又很好，所以生意不错，积累了很多熟客。老张要找的人叫石慧。石慧是附近的住户，也是老张的一个客户。

如果客户预存一笔钱，就可以打八折，老张的这个主意，吸引了好多客户。老张有三个厚厚的大本子，清清楚楚登记着每一个客户的存款和每一笔消费记录，从无差错。其中有个客户，预付款还剩余三十六元，但她已经三年没有来过了，鞋匠老张要找的人就是她，他想把钱退还给她，或者请她把剩余的钱消费掉。

可是，除了知道她名叫石慧，住在附近的某个小区之外，老张对她一无所知，也没有她的任何联系方式。老张就只能用最原始的方式，一个个地问。每一个前来擦鞋或者修鞋的客户，他都要问人家一句："你认识石慧这个人吗？"久而久之，这竟然成了老张的一个习惯。

有人被反复地问,就好奇地反问他,为什么要找这个人?老张就把事情的原委告诉人家。有人劝慰老张,可能是她搬家了,或者其他原因,不来了,反正就这么点儿钱,不用找了吧。老张一本正经地说:"那可不成,再少,也是人家预存在我这儿的,她若不来消费了,我就要把钱退给人家。"

慢慢地,到老张的店铺来修鞋或擦鞋的人,都知道老张在找一个人,那个人叫石慧。

有个客户认识石慧,但客户沉重地告诉老张,两年前,她就已经因病去世了。自己也不知道她具体住哪个小区,也没有她家人的联系方式。

老张很难过。但他不想就此放弃,他想,石慧不在了,那就找到石慧的家人,把剩下的三十六元退给人家。因此,他依然固执地向每一个来店的客户询问:"你认识石慧吗?"

日子就在老张的这一声声询问中,慢慢流逝。

终于,有个新客户告诉老张,他认识石慧的丈夫。

第二天,石慧的丈夫,来到了鞋匠老张的小店内。老张拿出一本厚厚的旧账本,翻到其中的一页,对石慧的丈夫说:"她的预存款还剩三十六元,把钱退给你,或者你来修鞋、擦鞋,都可以。"

石慧的丈夫却坚决不肯收,他说:"这么点儿钱,你却一连找了我们三年,已经很让我感动了,钱我不能收。"

一个坚持退钱,一个坚决不肯收。最后,还是鞋匠老张想了个办法,要不,我们把这钱捐了吧,也算是对石慧的一个纪念。

第二天,鞋匠老张来到当地的红十字会,以石慧的名义,捐了三百三十六元钱，其中的三十六元，是石慧三年前预存在鞋匠老张店里的余款，另外的三百元，是石慧的丈夫追捐的。

这个故事，有了一个善良而美满的结局。我不厌其烦地复述这个故事，是想告诉大家，这个社会需要的很多东西，比如善良，比如诚信，比如承诺，以及其他的很多美德，从来就不稀缺，它们就在民间，就在我们日常的生活之中。

# 藏在米粒里的暖

从树上摘下来的柿子，还没有熟透，嘴馋的孩子们，迫不及待地想尝一尝。

我奶奶有办法。

她将柿子摘下来，一个一个地摆放进米缸里。青皮的柿子，像操场上站着的一排青涩的少年。米粒是白色的，与柿子的青色是绝配。用不了两三天，白色的米粒就会让这些青柿子，变成橘黄色，或者绛红色，呈现出一个果子刚刚成熟的样子，一掐，能捏出软软的羞涩来。这也与少年们相似，他们看见扎着马尾巴的女同学从旁经过，有的开始羞红了脸。

米粒里藏着暖，是它让柿子成熟。

更准确的说法是，米粒里的暖，遇见青涩的柿子，就抑制不住地自动释放出来，像少年身体里的荷尔蒙。米里的那粒暖，催柿子成熟，熟透，使它们变得甜蜜蜜。

一粒米在成为一粒米之前，是一粒稻。它穿着衣裳，稻的衣裳统一为黄色，这是稻子的流行色，千年不变，永不过时。稻脱了衣裳，露出白嫩嫩的身体，好看极了。稻的衣裳一旦脱下，就成了糠，糠成了饲料，去暖猪和羊的胃。米粒从此不再需要任何衣服，它饱满的躯体，又白又亮，无羞可遮，而且，它也不怕冷，它的身体里自带着暖，藏着暖，它在水稻田里茁壮成长的时候，就已经吸收了日月的精华。一粒米会终生带着那粒暖，无论何时，无论何地。

我在小镇的碾米场，看见一粒稻是怎样变成一粒米的。稻谷被倒进碾米机，从出口出来的时候，它们就变成了白花花的米。你将手插进刚碾出来的米中，米是热乎乎的，米粒里的暖，好像都外泄了，就像一个人刚脱去衣服，他的皮肤也是暖暖的一样，如果是寒风中，他的皮肤很快会冰凉。但你一点儿也不用担心米粒里的暖会跑光了，它在米心里还藏着一粒暖呢，只要它还是一粒米，那粒暖，就不会丢失。

天气太冷的时候，我的爷爷喜欢双手拢在破旧的袖筒里，左手暖着右手，右手暖着左手。我有自己取暖的办法。我的双手，一到冬天就冻成了"红萝卜"，窝在嘴巴前，靠哈出来的那点儿热气已经不足以暖和它，我又不敢将手伸进自己的怀里去焐，冰凉的手指，会让我的肌肤冻得哆嗦。寒冷的夜晚，我趴在米缸前写作业，一只手翻书或者写字，另一只手腾出来，插进米缸里。真暖和啊！米缸里的每一粒米，触碰到了我冰凉的手指，立即将它藏着的暖释放出来，将我冻僵的手焐热。一只手暖和了，再换一只手。我没想到，米缸里的米，藏了那么多的暖，你任何时候将手插进去，它都将你焐热。小时候，我就是这样熬过那些漫长的冬夜，我在米缸前认识的字、看过的书，跟米粒一样多、一样暖。

我爷爷却不让我表弟像我一样将手插进米缸里取暖。表弟以为爷爷偏心。其实不是。他的手喜欢出汗，即使再寒冷，他的手心也是汗津津的，米粒里的暖，会让他的手暖和，也会让他出更多的汗。米粒遇到了水，会让它想起自己曾经是一粒种子，激发它发芽的欲望。虽然一粒被脱去了谷糠的米，再也没有机会像一粒种子一样发芽了，它无法发芽，就会发霉，这会害了一粒米，也害了一缸米。

我和表弟从小在一起长大，我们就像一株稻秆上的两粒稻谷。我将自己的双手插进米缸里，等它们变得暖和了，我就抽出来，用我的双手握住小表弟冻得僵硬的小手。我将从米粒里获得的暖，分给了我的小表弟一份。

在那个并不富裕的年代，如果只有一碗白米饭，我们一定共享。米粒变成了饭粒，它带着珍藏的暖，落进我们的胃里，让我们温暖，帮我们长大。

# 你说实话，我不生气

问过一群学生，当妈妈说什么话的时候他们觉得最恐怖。

几乎一致的回答是，妈妈要求或命令他们说实话的时候。

的确，为了让我们说出实话，妈妈总是先动之以情晓之以理，然后心平气和，甚至是和颜悦色地对我们说："你说实话，我不生气。"

这是一句承诺。妈妈几乎所有的承诺，都是认真的，打算不折不扣兑现的。比如，她告诉我们，最爱的人是我们。还比如，她答应要永远爱我们。她说到总是做到。但这一句，多半会是个例外。

小时候，考试考砸了，惴惴地回到家。妈妈从你脸上的表情，其实就大致已经预见了端倪，不过，她还是不甘心，希望自己的判断是错误的，她故作若无其事地说："你说实话，到底考得怎样？我不生气。"

你小心翼翼地拿出了考卷，递给妈妈，眼神里满是张皇。妈妈接过试卷，一行行看下去，脸色越来越难看，呼吸越来越局促，像一只不断充气的气球，不可避免地爆炸了："这么简单的题目，你怎么都不会做？我告诉你多少次了，怎么还是记不住！你长脑子是干啥的！"

一顿臭骂。如果这时候你胆敢反问她："你不是答应不生气的吗？"

就像一颗愤怒的子弹，没打着对方，反被击了回来，眼看就要打中自己了。这场面真是尴尬。不过，永远不要小瞧了妈妈的智慧，她总是有办法对付各种局面的，她理直气壮地吼道："没错，我答应不生你的气，我不生你的气，我干吗要生你的气？我是生我自己的气，怎么生出你这样笨的孩子！"

妈妈不生你的气，而生自己的气，后果往往更严重。

随着年龄渐长，我们的秘密也越来越多，这让妈妈既好奇又焦虑，她希望掌握更多。她旁敲侧击地问："你是不是喜欢上了你们班的某某？你说实话，我不生气，我不责骂你。"

这个某某，是你日记里的主角。你没想到，妈妈竟然对你的心思这么了解。感动之下，你和盘托出了内心深处的小秘密。妈妈听着听着，脸由红而白，由白而紫，终于不可遏止地迸发了："你才多大，就想啊念啊爱啊恨啊，羞不羞？臊不臊？"

你又一次忘了妈妈的"你说实话，我不生气"，多半是不算数的。

你长大了，你独立了。你不常回家，也不常见到妈妈了。

春节回家，妈妈望着你身后，空荡荡的身后，让她觉得空落落的。她拉住你，心疼地说你都掉头发了，都有白发了。边说，边叹气："跟你差不多大的，都做爸爸妈妈了。你怎么一点儿不着急？到底是为什么还没处上对象？你跟妈说实话，我不生气，我不怪你。"

你有的是理由：工作太忙，还没时间考虑；没碰到合适的；一个人也蛮好的……你解释了一大堆，可很显然，妈妈不愿听，也听不进去，她想要的结果其实只有一个：把另一半带回来。这比什么实话都管用，也比任何一条理由都有说服力。

"你说实话，我不生气。""你说实话，我不骂你。""你说实话，我不怪你。""你说实话，我不难过。"……从小到大，妈妈的"你说实话"，如影随形。是我们假话说得太多吗？不是。是妈妈对我们的话，总是不信任吗？也不是。就像放飞的风筝，既希望它飞得更高，又总是担心它会断了线。我们有多少惹她生气的"实话"，就有多少是让她不放心，让她担忧，让她永远牵肠挂肚的。

当她垂垂老矣，我们陪着她从医院走出，她瞅着诊断书，喘气，问："你说实话，我是不是治不好了。我不……"顿了顿，她平静地接着说，"你放心，我不会倒下，我能受得了。"

可是，妈妈，请原谅我们对你说了那么多"实话"，一次次惹你生气，不开心，但这一次，我们都没有对你说实话，虽然我们明知道谎言并不能留住你。多么希望你还能像以往一样，为此而生气，怒发冲冠，大声地、有力地说出："不！"

# 同学家，有藏书

同学家有什么，你就有什么。

小黑子家有四把镰刀，如果都挂在墙上，能组成一幅画。小黑子有三个姐姐，都到了干农活儿的年纪，加上他娘，他们家有四个干活儿的女人，每人一把镰刀，唰唰唰，一天就能将地里的庄稼都收割完了。别的人家，一般只有一两把镰刀，到了收割季，村里人就去小黑子家借镰刀，有时候还能借来一两个姐姐，帮着收割庄稼。小黑子家别的重农活儿，他爹一个人忙不过来，就去别人家借男劳力。男劳力是扛着扁担来的，就像他姐姐是握着镰刀去帮别人家的。

我的小学同学，都是一个村的。我们在一张凉床上认字，也在一个池塘里泡澡，还在一棵老槐树上掏鸟窝。谁家有什么农具，我们都清清楚楚。除了认字的课本，我们村里，没有一本其他的书。镇上的供销社最西边的角落里，摆着几本书卖，几毛钱一本呢，谁能买得起？但我们喜欢隔着柜台的玻璃看，只能看到封面。

每本书的封面，都像挂在藤上的瓜果，被我们看得熟透了，我们的眼光能啃破它的皮。胆子大的，指着一本书，让销售员拿给他看看。遇着那个男的，他就真拿给你看，虽然只让你匆匆看一眼。倘若是那个老太婆当班，她就会先翻个白眼，问一句："你买得起吗？买不起可不能让你翻，你翻翻，他翻翻，翻旧了，卖给谁？"有人去过县城，县城有专门卖书的地方，你让拿哪本，就拿哪本给你翻翻，看看，不买也没关系。但县城离我们太远，我念完了小学，也没去过县城一次。

直到我去镇上读中学，我的世界开始改变。

附近七八个乡镇，只有这一所中学，我的同学再也不是同一个村子里的人了。

有一个周末，家在镇上的罗同学请我们去他家里玩。那是我第一次去一个不是村民的人家里。一个不种田的人家，是什么样子？他家的墙上，没有挂着镰刀，墙角也没有立着铁锹、锄头和箩筐，或任何别的农具。甚至，他家的堂屋，也没有我们村家家都有的粮仓。与我见惯了的人家，真是太不一样了。而最让我吃惊的，是他的房间。他竟然有一张自己的书桌，桌头摆着一排书。天哪，是整整一排书！

他的父亲，是镇供电所的干部，从部队转业的。他留我们吃了晚饭。菜真好吃，有肉。可我一直惦记的，却是他书桌上的那排书。临别的时候，我忍不住问他，我能借一本书吗？他没有一点儿犹豫："当然，你随便挑选。"

我拿了一本。放下，又换成另一本。他看出了我眼里的光，笑着说："你可以多拿几本，看完了，再来换。"

我挑了五本。五本，厚厚一摞，那是我抱过的最多的书。我有一次在小黑子家，借过三把镰刀和一把锄头，似乎也没这五本书沉。不到一个星期，我就将这五本书都看完了。我第一次知道，什么叫一口气干完一件事。如果不是白天太短，如果我舍得夜里点煤油灯，我肯定能更快地读完这些书。

周末，我去还书。罗同学诧异地看着我："这么快就都读完了？"我点点头："其实前天就读完了，只是没到周末，没好意思来还书。"罗同学说："这有什么不好意思的，下次你看完了，随时来换。"我又抱回了一大摞。当时已隆冬，寒风能将你身上最后一点儿热气都刮走，但我怀抱着那摞厚厚的书，朔风也奈何不了我，在书的庇护下，我的身体暖洋洋的，只有裸露在外的两只手，冻得跟胡萝卜一样。

不到两个月，我将罗同学书桌上堆的那排书全都看完了。美好的日子似乎总是过得飞快。我长这么大，没读过这么多书，我觉得我的脑子里，已经灌满了各种各样美妙的故事，我已经足够幸运了。

罗同学忽然问："还想看吗？"

当然。我其实是有一点儿失落的，他的书我都读完了，我就像一个享受过大餐的人，忽然又要回到贫瘠无味的生活。也许，我可以将之前读过的几本特别好的，再重读一遍，细读一遍。

罗同学拉住我的手："跟我来。"

我随他进了他们家另一个房间。他说："这是我爸爸的书房。"里面靠窗也有一张桌子，其中的一面墙，是一个书橱。天哪，整整一柜子的书！

就是在这里，我第一次看到了《红楼梦》，读到刘姥姥进大观园那节，忽然忍不住笑起来，我自己第一次走进罗同学爸爸的这间书房时，何尝不是进了大观园？其实我们这个乡村中学也是有一个小小的图书室的，我绝对没有想到的是，罗同学家的书，比我们学校图书室的书还要多，而且多得多。

何其有幸，我有这样一位同学；何其有幸，我的同学有这样一位爱书的父亲；何其有幸，我能在最爱阅读的年纪，有这么多书可读。我与罗同学，初中三年，高中两年，同窗五载，我几乎通读了他家所有的藏书。

也就是从那个时候，我们同时爱上了文学。我们一起读书、写诗，做着文学的梦。高中毕业后，他去从军，而我考上了大学，走进了心仪的中文系。多年之后，我们在家乡再聚，他已经做了外公，含饴弄孙，尽享天伦，我仍继续着我的文学梦想。

我在村里的小黑子家借过无数次的镰刀和别的农具，我在罗同学家借的是一粒种子。它们同样丰润了我的人生。

# 阳光给我披了件外套

太阳怕我冷,给我披了一件外套。

薄而暖和。它有多薄呢?羽翼比它厚,轻纱比它重,杭州的丝绸没它丝滑。披在身上,你感觉不到它的分量,仿佛它是不存在的。但它又是特别温暖的,比你身上穿的任何一件衣服,都要保暖。

风有点儿不甘心。风能撕扯一切。我们穿的衣服裹得再紧,风都能找到一条缝,把你的衣服掀起一个角,或者干脆钻进去,将你身上的热量偷走。风不相信,这样一件阳光的外套,会拿它没辙。风想刮掉它,以为可以像吹走你头上的帽子一样,却刮不动;那就掀起一个角吧,风左边拉拉,右边扯扯,竟然没有任何下手的地方。风有点儿气急败坏,一件披在身上的外套,怎么可能没有一点儿破绽?风掀开的和刮掉的外套多着呢,别说只是披在身上,就算是晾在二十八楼阳台上的衣服,细心的主妇还用夹子夹住的,风若想将它扯下来,扔到一楼的地面,或者二楼高的树枝,抑或是电线杆上，那也是轻飘飘的事情。偏偏对阳光披上的这件外套，没有任何办法。风一如既往败给了阳光。

如果你是背对着太阳的，阳光这件外套，就跟毯子一样，披在你后背上，像有一万只温暖的小虫在你后背上爬，挠得你暖洋洋又痒酥酥的；如果你是面对着阳光的，它就是一件反穿的外套，像一个淘气的娃娃，总喜欢将爸爸的大衣或大褂子反穿在身上，那感觉就像爸爸或妈妈的怀抱，暖和得没有边际；如果你是站在正午的阳光下，这件外套就更像一个套头衫，将你从头到脚都套进去，阳光的暖，是从头顶直抵脚心的。

不管你是走着还是坐着，躺着还是趴着，阳光都会给你披上一件外套。它是给你披上的，所以用不着伸出胳膊，穿上袖子，阳光要给那么多人披上外套呢，没时间给你单做两只袖子。它也没有给你这件外套缝上纽扣，因而你也不要企图将这件外套扣起来，我刚刚说过，别担心风会将它掀开，就算你自己想脱掉它，那也是不可能的事情，还没有谁，能够拒绝阳光的外套。除非你躲到一棵树的树荫下，阳光自己将你身上的外套，给收了回去，给你临时披一件斑斑点点的树叶外套，等你从树荫下走出来，再给你重新披上。

虽然只是披在身上的，却没有任何一件衣服比阳光这件外套更合身。太阳为每个人都量身定制了一件黄灿灿的外套，它没有拼接，没有裁剪，也没有形状，全根据你的身材和需要。你从家里走出来，它就给你披上，也不管你已经穿了多少件衣服，你穿再多的衣服，也不多这一件，就像一到了冬天，妈妈就总觉得你少穿了一件衣服。太阳是所有人的妈妈，它要给每个人都披上一件，它也觉得每个人都少穿了一件衣服。

冬天的时候，我们都喜欢这件外套，披它在身，它帮我们压住寒风，捂紧热气，让我们在寒冬中体会到温暖。你看到墙根下，那些坐着闲聊打盹儿的老人，眯着眼，一副慈祥和陶醉的样子，就是因为都披了一件暖和和的阳光外套呢。到了春天，我们忙不迭地脱去沉重的冬装，顺手想将阳光给我们披上的这件外套也给脱了，阳光却又固执地给我们披了回来。踏春的时候，你会感觉到后背有一万只小虫，这回它们可不是轻轻地挠你，而是像蜜蜂的小针一样刺你，它是要告诉你，春天有多热闹，春天的阳光就有多热情。到了夏天，连背心都穿不住了，阳光仍然会给每个人披一件外套，汗津津的，湿漉漉的，像牛皮膏药一样，甩也甩不掉，脱也脱不了。我乡下的老父亲，到了夏天，总喜欢赤膊下地干农活儿，他在阳光下为水稻灌水，为棉花除草，为耕地的老牛薅一筐嫩草。他就披着这件外套，一天又一天，一年又一年，脸庞和后背总是晒得黑黝黝的，每年他都会晒脱一层皮，像脱下了一件又黑又薄的外套。只有像我老父亲一样，在阳光的暴晒下勤劳干活儿的人，才有资格脱下一次阳光的外套。

到了秋天，阳光忽然变得白晃晃的，收割过的田野，显得空荡荡，从北方来的风，长驱南下，将太阳往天边赶。我们开始一件件地往身上添衣服，念着阳光外套的好。阳光不计前嫌，照样给我们每个人披上一件外套，也给落了叶子的树披上一件，给流浪的狗也披上一件，而最宽绰的那件阳光外套，它给大地披上了，让光秃秃的大地，因了这件金色的外套，而不那么孤单。

乌云也想给我们披一件外套，它总是试图给我们披上一件凉飕飕的灰色外套,风不客气地将它从我们身上刮走,重新披上阳光的外套;雪想给我们披上白色的外套,我们抖一抖,就将它脱掉了;雨就狡猾多了,它钻进了我们的衣服里,成为衣服的一部分,让我们无法摆脱,但阳光这件外套一披上,它就只能成为水汽了,飘忽不见。

夜晚怎甘寂寞,它比阳光的野心大多了,它可不光只想给我们披一件黑色的外套,而是直接给我们裹了一个黑色的毯子,让我们的身心彻底淹没在漫无边际的黑暗之中。但它忘了,我们可以用灯光驱走它,而最重要的是,即使在黑夜之中,我们的心,也是可以披着阳光的外套的,那是黑暗之中,一道永不熄灭的光。

# 借来的日子

我妈给了我一只碗,让我去隔壁张婶家借点儿醋。爸爸今天在池塘打水时,意外地抓到了一条鱼。我们家已经很久没有吃过荤了,这条大鱼,让全家人都直流口水。可是,烧鱼免不了用醋,我们家没有醋,从来没有醋,除了盐,散装的酱油是我们家唯一的调味品。

我端着碗走到张婶的家门口,她就知道我是来借醋的。一定是她听说了我爸抓到了一条大鱼,要不然就是从我家厨房里飘出来的鱼香味,已经被她闻到了。也许,全村的人都闻到了。村里哪家煮个鱼,或者烧个肉,整个村庄上空,都会弥散着鱼香或肉香。这种香味太迷人了,太难得闻到了。

我借了醋回家,妈妈将醋往已经快煮熟的鱼身上一浇,刺啦一声,腾起一团白雾。她又用水将碗晃了晃,也倒进锅里。醋是好东西,一点儿也不能浪费。醋味跑得比所有的气味都快,很快,人的鼻子、猫的鼻子、狗的鼻子,全村所有的鼻子都会兴奋地耸动。妈妈烧好了鱼，用我刚去借醋的碗，盛了半碗鱼，让我再送到张婶家去。张婶不肯要，说我们家娃娃多，难得吃一次鱼。我就将我妈教我的话跟她说，我们没办法还她家醋。张婶就只好收了。

再大的鱼，也不够全村人分享。不过，只要是端着饭碗到我们家门口吃饭的娃娃，我妈都会搛一块鱼给他。别人家偶尔烧好吃的的时候，我也会端着饭碗，跟其他娃娃一起，正好晃荡到那家人门口。我们也都能得到一块肉，或别的什么好吃的。我们又不是专门来讨吃的，不难为情。那时候，村里家家都很穷，平时根本没啥好吃的，但所有的人家，对孩子都很大方，自家的，别人家的，一个样。

也不光是我们家借醋。谁家做饭烧菜，烧到一半，发现盐没了，酱油没了，就去隔壁家借。说是借，其实也不用还，你说，一把盐，或者几滴酱油，怎么还？下次我家也没了，就上你家去回借一下呗。到了青黄不接的时候，娃娃多的家庭，往往米缸见了底，揭不开锅了，也去邻家借，可是，谁家也没有太多的余粮，就你家借两碗，他家借一碗。回到家，半碗米，煮一大锅稀饭，真是稀啊。后来看电影听到了一首歌，"洪湖水，浪打浪"，我们就拿来比喻那样的一锅稀饭，真是贴切。

经常借的，还有农具。镰刀、锄头、铁锹、犁耙，这些农具，家家都有。但一到了收割季，要抢收呢，连我们这些放学的娃娃，都下地干活儿了，家里的镰刀就不够用了。谁家的庄稼先收割完了，镰刀闲下来了，别人就去借。我最喜欢去李大妈家借镰刀，她家的镰刀，又轻快又锋利，李大伯曾经在镇上的机械厂干过活儿，他总是将他们家的镰刀磨得锃亮，就算他们家的稻子都收割完了，他也会天天一大早就将镰刀磨一磨，然后，借给急等着镰刀用的人家。借用过的镰刀刀口会钝，他就再磨。

连耕牛也可以借。耕牛原来是村里集体饲养的，包产到户后，田多的人家，自己会养一头耕牛，地少的，就几户人家，合伙养一头牛。与抢收一样，播种也要抢时间，你家的地要耕，我家的地也急等着耕，那么多地，一头耕牛根本犁不过来，怎么办？只能向耕牛闲下来的人家借。耕地是个苦力活儿，牛苦着呢，哪个主人不心疼自己家的牛？所以，借人家的耕牛，与借别的任何东西都不一样，你得对人家的牛好，不光要喂它草饲料，还要给它加一点儿细粮，平时，也帮人家放放牛什么的。我们村里，有一户李姓人家，男的在外地上班，只有女人带着孩子，家里的地少，没养耕牛，也没和人合伙养，耕地时，就都得借人家的牛。他家的孩子，放学回家，就去帮人家放牛，我们村里的牛，他都放过，一个没牛的人家，却养了一个真正的放牛娃。

借得最多的，是人。

村集体时，全村的人是一起下地干活儿。播种的时候，男的犁地的犁地，跳秧的跳秧，灌水的灌水，女的则先拔秧，后插秧；收割的时候，女的挥镰收割，男的将一担担稻谷挑到晒场。你看出来了吧，重体力活儿都是男的干，女的做那些带点儿技术的轻活儿，分工明确。单干了，一个家庭里，男劳力可能只有一个，女劳力可能也只有一个，男的犁地的时候，女的可能就闲着，而插秧的时候，男的往往又粗手大脚的，干不好。这时候就需要借人。谁家插秧了，就去村里借几个女劳力来，一天的工夫，地里的秧就都插上了。这家的秧插好了,那家的男人,也正好将地翻耕出来了,就呼啦啦一起赶到另一家去插秧。收割的时候,将几千斤湿稻谷一担担挑到晒场,一个男劳力做不了,或来不及,就去借一两个男劳力。今天,我借了你家男的,明天你借了我家女的,没人记账,但大家心里都有数,不让别人吃亏。

又要说说那户李姓人家了。她男人在外地上班,农忙的时候,也回不来,就算回来了,也做不了地里的活儿。她家地里,诸如犁地、灌水、挑担子这样的重体力活儿,就需要村里其他男人帮忙。她知道,这些劳力,都是借来的,是需要还的,她就天天帮人家插秧,或者割稻,用她的活儿去抵人家的活儿。别人家的稻都割了,秧都插了,她再去忙自家的。村里的很多男人都来了,村里的很多女人也来了,割稻的割稻,挑担的挑担,犁地的犁地,插秧的插秧,往往一两天,就将她家地里的主要农活儿,都忙得差不多了。

这就是我的家乡曾经的生活。我们曾经缺这少那,我们互相借盐,借醋,借镰刀,也借耕牛和人,仿佛我们的日子,就是这样借来借去的。我们生活在一个村庄,就像我们的祖辈一样,我们鸡犬之声相闻,我们说着一模一样的方言,我们互帮互助。我们是乡亲,我们的一辈子,谁也离不开谁。

# 悬在空中的疤痕

早晨走到阳台,惊讶地发现,阳台上的一块钢化玻璃,竟然碎裂了,像一大朵裂开的花一样。

幸亏是夹层的,碎裂的玻璃才没有哗啦啦地坠落一地。细瞅,在玻璃的右下角,找到了一个着力点,原来是被人用石块砸的。竟然是被人为砸碎的!一股怒火,腾空而起。

谁会砸我们家阳台玻璃?自忖搬到这个小区住了六七年,从没和任何人红过脸,更没与谁结下过冤仇,那么,这个人为什么要砸我家的阳台玻璃?立即向小区物业反应。工作人员来查看之后,确认是人为砸的,但是,是谁砸的、为什么砸,却一直没查出来。我家住二楼,虽然楼层不高,不过,要用石块砸碎这种强度很大的钢化玻璃,还是需要不小的力量的,孩子基本可以排除,最大的可能,是成人砸的。

突然,"汪,汪汪",花花莫名地狂吠起来。花花是我养的一条狗。恍然明白,也许是花花在阳台上狂吠,从楼下散步或路过的人，听了心烦，顺手从地上捡了一个石块，砸了过来，将玻璃砸碎了。

阳台上一排整齐的蓝玻璃，唯有这块碎玻璃，特别显眼。从楼下稍稍抬头往上看，一眼就能看到它，像个疤痕一样。我们这是幢高层，物业管理比较严格，当初各家在装修时，对楼房的外立面，丝毫不准改变，所以，楼房的外墙，一直很整齐、美观。现在，因了这块碎玻璃，而有了伤痕，很不协调。

找来维修工，师傅看了看，摇摇头说，这种颜色、款式的钢化玻璃，已经没有了，而且，这种弧形的钢化玻璃，很难配，需要从外地调货，很费周折。不过，师傅安慰说，这是夹层钢化玻璃，因此虽然一面碎裂了，但玻璃一时半会儿是不会坠落的。也就是说，暂时不更换也可以，只是难看一点儿。

那块碎裂的钢化玻璃，就一直悬在那儿。

它就像一道疤痕一样，每次看到它，我的心都会隐隐作痛，又气愤，又无奈。有时家中来了客人，看到那块碎玻璃，我还得一遍遍跟客人解释，它可能是因为什么被人砸碎的，为什么又一直没有更换云云。不胜其烦。不过，每次花花无故吠叫时，我就会立即制止。倒不是怕别人再砸了玻璃，而是意识到，它的吠声惊扰了别人。这是那块碎玻璃，无声地提醒着我。

慢慢地，我适应了阳台上那块碎玻璃，有时候，我甚至觉得，穿过那块碎玻璃的裂纹看出去，有一种别样的美。

我差不多已经忘记了阳台上那块被人砸碎的玻璃了。

"咚，咚咚"，有人敲门。

打开门。是个陌生的面孔，但似乎又在哪儿见过。

他自我介绍，他也住这个小区，某幢某号。难怪有些面熟，原来是一个小区的。

问他何事。他瞄了一眼阳台，说："你家阳台那块玻璃，是我砸的。"

我一时错愕，没恍过神来。他又重复了一句："你家阳台那块玻璃，是我砸碎的。"

终于明白过来了。但我又有点儿糊涂，这事都过去好久了，连我都差不多已经忘记这茬了，他怎么会突然自己找上门来"认罪"？

他顾自说："那天晚上我散步，从你家楼下经过时，你家的狗在阳台上狂叫不止，我听着心烦意乱，就从地上捡了一块石子，随手砸了过去。我只是想吓唬吓唬它，让它别叫了。只听到啪嚓一声。狗好像受了惊吓，还真的就不叫了。第二天散步时，我才发现，你家阳台上的一块玻璃碎了，从楼下看上去，那块碎玻璃的裂纹，特别刺眼。我也想过，来向你们解释一下，道个歉，赔偿你们，但又想想，反正当时也没人看到，我为什么要自投罗网，自找麻烦呢？"

他咽了口唾液，继续说："我以为你们会很快将碎玻璃更换掉的，没想到，一天过去了，又一天过去了，那块碎玻璃一直没换。每天早晚，我都会在小区散散步，每次路过你家楼下，我都忍不住抬头看看，那块碎玻璃有没有换掉。没有，一直没有。我都不敢抬头了，我都不敢从你家楼下经过了。"他重重地叹了口气，说："你不知道，那块碎玻璃，就像一个伤疤一样，一直悬在那儿，刺伤我，折磨我。我内心一直没有平静过，安宁过。"

"我今天来,就是想向你们道个歉,我愿意做出赔偿,同时,请你尽快将那块碎玻璃换掉。"说完,他丢下几张百元钞票,转身走了。

等我回过神来,追出去,他已经走远了。

这是我完全没有想到的结局。那块被砸碎的玻璃,甚至已经激不起我丝毫的怨气和愤怒,我差不多已经将它彻底淡忘了,有个人,却一直为此不安。

我拨通了维修师傅的电话,请他想办法,无论如何将那块碎玻璃立即更换掉,让疤痕消失。

# 世间最温暖的归途

小时候，我最熟悉的村庄，除了我们自己村，就是严庄。

严庄离我们村十来里山路，这中间，还有四五个村庄，除非太渴了，或者突然下大雨了，奶奶才会牵着我的手，走进其中的某个村庄，讨口水喝，或者在谁家的屋檐下躲躲雨。大多数的时候，奶奶都是领着我，直接从我们村，径直走到严庄，仿佛一路上那些村庄都不存在似的。可我更愿意在其中一个村停下来，那个村有一棵很大的枣树，赶到枣子成熟的季节，我总能从树下的草丛里，找到一两颗被人遗漏的枣子，那枣子甜得透心。可是，奶奶不让我停下来找枣子，她不是说枣树还没开花，就是说枣子早被人家用竹竿打光了。就算没有枣子，走了这么远的山路，是不是也该歇歇脚了？奶奶笑着说，她一个老太婆都不累，我个小娃子累什么？然后便拽着我，继续走。

只要是去严庄，奶奶总是很急迫的样子，出了家门，往严庄的方向走，她的脚步就变得又碎又急，一刻不肯停下来。从我记事起，她第一次领着我去严庄，就一直是这样。但我一点儿也不觉得严庄有什么好玩的，严庄比我们村还小，房子比我们村更矮更破，如果不是年节，在严庄我吃到的饭菜，比我们家的还难以下咽。严庄唯一吸引我的，是一个比我奶奶更老的老太婆，她有时候会偷偷塞一块蜜饯什么的给我，如果不是蜜饯的甜蜜让我实在无法抗拒的话，我真不愿意从那双干巴巴的、又黑又脏的手上，接过任何东西。她脸上的褶子，比我奶奶的还多，她的腰杆子，比我奶奶还佝偻，走路的时候，低垂的脑袋，差不多触到地了。她的牙齿掉得差不多了，嘴巴几乎完全瘪进去了，讲出来的话，就跟从一个破风箱里发出来的一样，又沙又哑，反正我既听不清她说什么，也不乐意跟她说话。

奶奶却跟她有讲不完的话。奶奶赶了十几里的山路，当然不是来跟她说话的。大多数的时候，奶奶来到严庄，比在家里还辛苦，奶奶要帮那个比她更老的老太婆下地干活儿，要帮她将被子衣服全部洗一遍，冬天的话，还要用塑料皮围个圈，帮她洗个热水澡。整个白天，奶奶都在不停地忙碌，只有到了晚上，奶奶和那个比她更老的老太婆，钻进了一个被窝，两个老太婆，开始讲话，她们说的话，我一点儿也不感兴趣。在严庄，这个又矮又破又小的房子里，我躺在两个老太婆中间，被两个苍老的声音裹挟，无聊透顶，无趣至极。从矮墙的破窗看出去，能看到满天繁星，这两个老太婆说话时，喷出来的唾沫星子，肯定比天上的星星还多还密。有一次，我在睡梦中，被一阵笑声惊醒，原来是两个老太婆，不知道说起了什么，笑出了声，笑得腰更弯了，在被子里蜷成一团。我在两个佝偻的腰之间，吃力地翻了个身，不满地嘟嚷了一句，又沉入梦乡。多年以后，我在睡梦中被什么声音突然惊醒的话，还会忍不住回想到小时候的那一幕——奶奶和比她更老的那个老太太，在深夜的土炕头，发出笑声。奶奶留在我记忆里的声音不多，且大多越来越模糊，唯那夜的笑声，仿佛镌刻在了我的脑海深处，清晰，深刻，不时迸发出来。

每次跟奶奶去严庄，我们一般只会住一晚，第二天就得往回赶。奶奶将我带来了，家里还有两个更小的妹妹，她们也需要奶奶照顾。比奶奶更老的老太婆，拄着一根树棍子，将我们送到严庄的村口。奶奶让我喊她太太，跟她道别。每次去严庄，第一眼看到她的时候，我喊她一声太太，走的时候，再喊一声，这差不多是我和她的全部交流了。我可不像奶奶，跟一个比自己还老的老太婆也有讲不完的话。从严庄回自己的村庄，我总是走在前头，按我奶奶的话说，跑得比兔子还快。奶奶不一样，奶奶走出严庄的时候，脚步总是拖拖沓沓，好像严庄的土黏她的脚一样。直到走过了严庄后面的一个村庄，回头看不见严庄了，奶奶才突然加快了脚步，出来一天了，我们自己家里，有太多太多的活儿，等待奶奶回来忙乎呢。

有一次，爸爸急急忙忙对我和妹妹们说："快，我们去严庄。"奶奶已经去了几天了，这是我印象中，奶奶唯一一次没有带上我，一个人去了严庄。为什么突然又让我们全部去严庄？爸爸说，太太没了。我不知道什么叫没了，是走丢了吗？她都那么老了，还能走到哪里去？再说，奶奶这几天不是一直在严庄吗？她怎么没有看住比她还老的老太婆，让她走丢了呢？

到了严庄，奶奶看到爸爸，突然放声大哭。我很少看到奶奶

174

哭得这么伤心,这让我害怕。我看到那个比我奶奶还老,我喊作太太的老太婆,干瘪地,直挺挺地,一动不动地躺在床上。那是每次我和奶奶来严庄所睡的土炕。

这一次,我们全家在严庄住了几晚,直到将比我奶奶还老的老太婆安葬。

从严庄回来,我们一家人默默地行走,走到半路,奶奶突然停下来,回头看了一眼,哇地大哭起来。我们都停下来,陪着奶奶。奶奶摸着我的头,抽抽搭搭地说:"奶奶再也没有妈了,奶奶没有家了……"

那一年我六岁,我不能理解奶奶的话,我们不是有家吗?

二十四岁那年,我的爷爷去世了,三十一岁那年,我的奶奶也去世了。我是在爷爷奶奶身边长大的,爷爷奶奶的家,就是我的家,没有了爷爷奶奶,在那个从小长大的村庄,我就再也没有家了。而那个严庄,我更是很多年没有去过了,它和我的村庄一样,永远地留在了我的记忆深处。那里,曾经有奶奶回家的路,也有我回家的路,它们,曾经是奶奶和我,在这个世间,最温暖的归途。

# 补丁里的体面生活

小时候，一个人的生活是不是体面，看的是他身上衣裳的补丁什么样。

几乎家家都贫穷，一年当中，只有过年才能穿上新衣服。也只有这时候，我们身上的衣裳，才没有补丁。不，不，你看到的只是外表。你撩开他的新大褂子，里面的棉袄，也一定打了补丁；你再翻开棉袄，最里面的内衣，更是千疮百孔，或者一层补丁套着一层补丁。这不是秘密，谁还不知道谁的底细？只有不解风情的朔风，才会不客气地掀开一个人光鲜的外衣，将里面寒碜的补丁暴露出来。寒风肯定讨厌这些补丁，不然，它就能更容易地钻进一个人的怀里，偷窃他身上的暖气。

等一过了正月十五，小孩子们身上的新衣裳就得脱下来了，继续穿那些打着补丁的旧衣服，谁舍得在不是年节的时候，穿没有补丁的衣裳？再说，过完了年，上学的得去学堂了，做工的得下地干活儿了。你穿着没有补丁的衣服，书本上的字也认不出你啊；地里的庄稼，怎么瞅你也不像一个做农活儿的样子啊。

虽然几乎每个人穿的都是打着补丁的衣裳，但一个人或一个家的生活，是不是体面，从补丁的多少和大小上一眼就能看出来。

首先，这补丁的数量就不一样。有人身上的补丁，少一些，上身一两个，下身一两个，像点缀；也有人身上的补丁，一层叠一层，一环套一环，一色盖一色，你甚至难以分辨他身上衣服的底色了。但补丁的多少，并不能决定一个人的生活是不是体面，未必补丁少的人，就比补丁多的人体面。

其次，补丁的大小也不一样。有人身上的补丁，都是一个个小圆粑粑，哪里破了，就补一块"膏药"上去，将漏洞堵住。也有人身上，都是大块大块的补丁，洞有那么大吗？没有。可能也只是破了一个小洞，但他的妈妈或者奶奶，偏要给他缝一个大补丁，像个大扇面一样。这是为什么呢？妈妈有妈妈的道理，奶奶有奶奶的理由，她们都知道，如果只是贴个小"膏药"的话，用不了几天，"膏药"边上就会起毛，磨出一个新洞，更大的洞，这样，你就得再补一个补丁。而缝上一个大补丁，就能抵挡更长日子的磨砺了。你看看，这就是生活的智慧，也是生活的态度。

当然，一个人的生活是不是体面，看的可不是补丁的数量，也不是补丁的大小，而在于补丁缝得是不是周正，是不是密实，是不是讲究。一般人家，只能拿针线缝个补丁，这是个细活儿，粗手粗脚又大大咧咧的人，就缝不出好看的补丁，歪着，扭着，拗着劲，看着别扭，穿在身上也不得劲。手脚灵活，又有耐心的人，就会像绣花一样，给衣服上的破洞，缝一个好看的补丁，针脚细密紧实，像花蕊一样。更讲究的人家，则不是手工缝补的，而是用缝纫机缝补，针脚一圈又一圈，一层又一层，缝出来的补丁，就跟特意装饰上去的一样。

缝补丁的布料，也不一样。家境好一点儿的人家，缝补丁的布料，也是做新衣裳时留下来的新布条，这块补丁，如果又比较大的话，是不是就有了新衣服一样的效果？至少他的身上，有了一点儿新布料所独有的朝气。大多数的人家，只能将破得无法缝补的旧衣服拆了，裁剪出一些还能用的完整布料，做别的衣服的补丁。旧衣服上又补了一块又一块旧布的补丁，倒也不违和。有时候，拿来做补丁的布头，恰是上一件衣裳的补丁，这就是补丁套了补丁。我有个发小，身上的裤子又破了个洞，他妈妈一时找不到适合的布头，就从他妹妹的一件破旧衣服上，拆了一块布，连夜给他的裤子缝了一个补丁。那是块花布头。你想想看吧，一个男孩子的裤子上，缝了一个花补丁，是怎样的情形？不过，我们可不嘲笑他，不就是一块补丁吗？谁的身上没有补丁啊，谁身上没有拿姐妹或者爸爸的旧衣服做过补丁啊？再说了，一个花补丁，总比"狗洞大开"好吧？

从一个人身上的补丁，也能大致看出这个人是做什么的。一个裁缝，他身上的补丁，往往是在屁股上，原因很简单，他老是坐着嘛，还要不停地踩缝纫机，屁股扭来扭去，就磨出洞来了。我父亲就从来不会在屁股上打补丁，他天天要下地干活儿，哪有时间坐着啊，和其他农村男人一样，他的衣服，总是肩膀上最先破损，他天天要用双肩挑土、挑水、挑肥、挑收获的庄稼，他的肩膀要挑起全家人的生活呢。到了天稍稍热一点儿，父亲就总是光着膀子，这样挑担子时就不会磨破衣服了。我摸过他肩膀上的肉，粗糙，坚硬，都是老茧，为了避免磨破衣服，他宁愿磨破自己的皮肉。

最难忘的，是我们老师身上的补丁。他是民办老师，一半的时间在学校给我们上课，一半的时间，像我的父亲一样下地干活儿。他的肩上有厚厚的补丁，裤子的屁股上也有补丁，有意思的是，师娘给他屁股上缝的是小补丁，左边一个，右边一个。当他转身在黑板上写字的时候，背对着我们，屁股上的两个补丁，像两只眼睛一样，紧紧地盯着我们，我们只要做小动作，他就猛地回头，将我们活捉，一定是他屁股上的"补丁眼睛"搞的鬼吧。

现在，很难看到有人还穿着打补丁的衣裳了，偶尔看到的补丁，多半是一种新时尚。我老家的村里，有个在城里打工的年轻人，过年回家时，穿了一件膝盖上露出两个破洞的牛仔裤。第二天早上，他的八十多岁的老奶奶，给他的牛仔裤上缝了两块补丁，用的是他小时候穿的衣服上拆下来的布头。这个故事成了我们村里这个春节最大的笑料，很多人为此笑出了眼泪。

# 老母亲的第一次

因为路上遇堵，值机时间快到了，所以，一下车，我就拖着行李箱，急匆匆走进候机大厅。回头一看，母亲却没跟上。赶紧又回头找母亲，她拎着布袋子，不知所措地站在候机厅的玻璃门外。看见我，母亲讪讪地笑，说："一眨眼你就不见了，这都是玻璃窗户，你怎么走进去的？"我告诉母亲："这是感应门，你走近一点儿，它就会自动打开的。时间来不及了，我们赶紧进去吧。"

母亲歉疚地点点头："那我们快点儿，我跟紧你。"

还好，候机厅显示屏显示，我们的航班晚点了。我对母亲说："你就在附近找个位子坐一下，我先去上个厕所。"等我上完厕所回来，看见母亲茫然地站在原地，一动未动。我指指边上立柱下的空座位，问她为什么不去坐一坐。母亲喃喃地说："里面这么大，我怕一走开，你回头找不到我了。"

我的心一紧，忽然意识到，这是母亲第一次出远门，第一次坐飞机。

母亲已经七十多岁了,我在杭州工作十几年,母亲来过几次,但每次都是应我的要求,来帮我们临时照顾孩子的。除了带她老人家到西湖边玩过一次外,她几乎没走出过我们小区。这一次,我就是特地带母亲坐飞机去厦门旅游的。

排队过安检时,母亲一直拽着我的背包带,仿佛一松手,我就会消失在茫茫人海似的。到了安检口,我对母亲说:"安检必须一个人一个人来,要不你在我前面进安检口?"母亲不安地说:"我……我不会啊。"我把登机牌和身份证交给母亲,告诉她,只要把这两样东西交给安检员就可以了。母亲犹豫了一会儿,说:"那……那还是你先进去吧,我看看你是怎么做的。"又加了一句:"进去后你要等着我啊。"

我的鼻子忽然有点儿发酸。母亲虽然不识字,但在我们老家村子里,她算是非常能干的妇女,不管多重的农活儿,都是一把好手。记得小时候,母亲第一次带我上几十里外的县城赶集,那是我小时候见过的最大的市面,我亦步亦趋地跟在她身后,生怕走丢了,对她崇拜得不得了。一转眼,母亲老了。

登上飞机,母亲浑浊的眼睛里,不时流露出惊讶之神,但我看出她努力抑制着,不表现出来。母亲年轻时就好面子,我知道她是怕显露出来,显得自己很没见识,而丢了身边儿子的脸。

空姐在发放食物了。空姐问母亲是吃面条还是米饭。母亲看看空姐,又看看我,忽然摇摇头。我们一早出门,没来得及吃东西,我知道母亲其实饿了,于是替母亲要了一份面条,她爱吃面条。等空姐走远了,母亲轻声责怪我:"飞机上的东西很贵吧?"我轻声告诉她,这是免费的。母亲这才释然。

下了飞机,母亲回头看了一眼,兴奋地对我说:"没想到这么一大把岁数了,还坐上了飞机,我们村里,还没哪个老太太坐过飞机呢。"老母亲的喜悦溢于言表。

母亲没有想到,我也没有想到,接下来的几天旅程,母亲经历了自己人生中的一个又一个第一次。

出发之前,我就在网上预订了一家海滨酒店,四星级的。跨进酒店金碧辉煌的大堂,母亲小心翼翼地问:"我们住这儿?"我点点头。母亲一听,拉着我就往外走,边走边说:"贵了,我们找家小旅馆住就可以了。"我告诉母亲,钱已经付了,而且,在网上订也不算贵。母亲极不情愿地住下了。在房间里,母亲轻柔地抚摸着洁白的床单,笑着说,这是娘这辈子住过的最好的旅馆、睡过的最软的床了。她的语气,既自豪,又心痛。

出酒店不远,就是厦门海湾,站在蔚蓝的大海边,母亲激动地说:"这就是大海吗?"我点点头,告诉她,这里看到的是海湾,再外面就是茫茫大海了。"海真大啊,水真蓝啊,跟电视上看到的一样,"母亲喃喃地说,"我看到真大海了,回去我要告诉你张婶、李大妈,大海是什么样子的,她们这辈子可能是看不到大海了。"

担心母亲吃不惯海鲜,晚餐时,我只点了豆腐鱼和海瓜子。母亲尝了一口豆腐鱼,咂咂嘴,评价说:"有点儿腥,但肉真嫩啊。"我又盛了一勺海瓜子放在她餐盘里,母亲好奇地问这叫什么。我告诉她,海瓜子。母亲笑了,说:"海里也长向日葵吗?"我也笑了,没想到老母亲有时候也挺幽默呢。

母亲竟然吃得下海鲜,接下来的几天,我特地每餐都点几个不同的海鲜。大部分我都吃过,但母亲都是第一次吃。看到母亲有滋有味的样子，我总是一次次想起自己小时候，母亲去镇上赶集，每次都会给我们兄妹几个带回一点儿好吃的，因而每次只要母亲去赶集，我们都会眼巴巴地等着她回来。

除了坐火车从安徽老家到杭州，母亲这辈子没有出过远门。厦门，是她走过的最远的地方了，也是七十多岁的她，第一次真正出门旅游。一路上，看到的，吃到的，听到的，玩到的，对她来说，都是第一次。在离开厦门前的一个晚上，母亲忽然重重地叹了口气，我以为她有什么不舒适，母亲幽幽地说："要是你爸还活着，也看到这些，该多好啊。"又笑笑说："我这一生，也是值得了。"

那一刻，我的眼泪夺眶而出。

# 和父亲坐一条板凳

上大学后的第一个暑假,回家。坐在墙根下晒太阳的父亲,将身子往一边挪了挪,对我说,坐下吧。印象里,那是我第一次和父亲坐在一条板凳上,也是父亲第一次喊我坐到他的身边,与他坐同一条板凳。

家里没有椅子,只有普通板凳、长条板凳,还有几张小板凳。小板凳是母亲和我们几个孩子坐的。父亲从不和母亲坐一条板凳,也从不和我们孩子坐一条板凳。家里来了人,客人或者同村的男人,父亲会起身往边上挪一挪,示意来客坐下,坐在他身边,而不是让他们坐另一条板凳,边上其实是有另外的板凳的。让来客和自己坐同一条板凳,不但父亲是这样,村里的其他男人也是这样。让一个人坐在另一条板凳上,就见外了。据说村里有个男人走亲戚,就因为亲戚没和他坐一条板凳,没谈几句,就起身离去了。他觉得亲戚明显是看不起他。

第一次坐在父亲身边,其实挺别扭。坐了一会儿,我就找了个借口，起身走开了。不过，从那以后，只要我们父子一起坐下来，父亲就会让我坐在他身边。如果是我先坐在板凳上，他就会主动坐到我身边，而我也会像父亲那样，往一边挪一挪。虽然坐在同一条板凳上，但两个男人，却很少说话。与大多数农村长大的男孩子一样，我和父亲的沟通很少，我们都缺少这个能力。在城里生活很多年后，每次看到城里的父子俩在一起亲热打闹，我都羡慕得不得了。在我长大成人之后，我和父亲最多的交流，就是坐在同一条板凳上，默默无语。坐在同一条板凳上，与其说是一种沟通，不如说更像是一种仪式。

父亲并非沉默讷言的人。年轻时，他当过兵，回乡之后当了很多年的村干部，算是村里见多识广的人了。村民有矛盾了，都会请父亲调解，主持公道。双方各自坐一条板凳，父亲则坐在他们对面，听他们诉说，再给他们评理。调和得差不多了，父亲就指指自己的左右，对双方说："你们都坐过来嘛。"如果三个男人都坐在一条板凳上了，疙瘩也就解开了，母亲就会适时走过来喊他们，吃饭，喝酒。

结婚之后，有一次回乡过年，与妻子闹了矛盾。妻子气鼓鼓地坐在一条板凳上，我也闷闷不乐地坐在另一条板凳上，父亲坐在对面，母亲惴惴不安地站在父亲身后。父亲严厉地把我训骂了一通。训完了，父亲恶狠狠地对我说："坐过来！"又轻声对妻子说："你也坐过来吧。"我坐在了父亲左边，妻子扭扭捏捏地坐在了父亲右边。父亲从不和女人坐一条板凳的，哪怕是我的母亲和姐妹。那是唯一一次，我和妻子同时与父亲坐在同一条板凳上。

在城里终于有了自己的房子后，我请父母进城住几天。客厅小，只放了一对小沙发。下班回家，我一屁股坐在沙发上，指着另一张沙发对父亲说："您坐吧。"父亲走到沙发边，犹疑了一下，又走到我身边，坐了下来，转身对母亲说："你也过来坐一坐嘛。"沙发太小，人多坐在一起，很挤，也很别扭，我干脆坐在了沙发沿上。父亲扭头看看我，忽然站了起来，说："这玩意儿太软了，坐着不舒服。"只住了一晚，父亲就执意和母亲一起回乡去了，说田里还有很多农活儿。可父母明明答应这次是要住几天的啊。后来还是妻子的话提醒了我，一定是我哪儿做得不好，伤了父亲。难道是因为我没有和父亲坐在一起吗？不是我不情愿，真的是沙发太小了啊。我的心，隐隐地痛。后来有了大房子，也买了够三个人坐的长沙发，可是，父亲却再也没有机会来了。

　　父亲健在的那些年，每次回乡，我都会主动坐到他身边，和他坐在同一条板凳上。父亲依旧很少说话，只是侧身听我讲。他对我的工作特别感兴趣，无论是我当初在政府机关工作，还是后来调到报社上班，他都听得津津有味，虽然对我的工作内容，他基本上一点儿也不了解。有一次，是我升职之后不久，我回家报喜，和父亲坐在板凳上，年轻气盛的我，一脸踌躇满志。父亲显然也很高兴，一边抽着烟，一边听我滔滔不绝。正当我讲到兴头儿上时，父亲突然站了起来，板凳一下子失去了平衡，翘了起来，我一个趔趄，差一点儿和板凳一起摔倒。父亲一把扶住我："你要坐稳咯。"不知道是刚才的惊吓，还是父亲的话，让我猛然清醒。这些年，虽然换过很多单位，也做过一些部门的小领导，但我一直恪守本分，得益于父亲给我上的那无声一课。

　　父亲已经不在了，我再也没机会和父亲坐在一条板凳上了。

每次回家，坐在板凳上，我都会往边上挪一挪，留出一个空位，我觉得，父亲还坐在我身边。我们父子俩，还像以往一样，不怎么说话，只是安静地坐着，坐在陈旧而弥香的板凳上，任时光穿梭。

# 第五辑
## "我"没有偏旁

"我"踽踽而行,不迷失,不放弃,每一个"我",都是独特的存在。

# 涂一时之快鸦

坐在车里等人。无趣。车窗外，是车流和人流，没有一张熟悉的面孔，久等的人，还没有来。忽然发现，车窗慢慢地模糊了，像极了这忽冷忽热的春色。内外的温差，使车窗上凝了一层水雾，用手指划拉，呈一直线，又一划拉，呈一曲线，再往里一勾，空白处点两个点，咦，呈一张脸。真有趣啊！画几道波纹，这是水流。绕圈画几个连在一起的半圆，此乃花朵。最上方画几个不规则的椭圆，这是天上掉下来的云朵吗？

兴致陡生，继续涂鸦。画鸟，画狗，画一颗心，画一颗碎裂的心。很快，一面车窗玻璃，就被我涂鸦得不成样子了，被画过的玻璃上，水汽沿着笔画的边缘，往下淋，呈泪眼状。换个座位，换一面干净的车窗玻璃，接着涂鸦，没有章法，随心所欲。等的那个人终于回来的时候，整个车子的窗玻璃上，都是我的涂鸦。他没有注意到这些，但他觉察出了车里的雾气，挡住了视线，遂打开空调，除雾。不一会儿，车窗上的雾气，还有我那些涂鸦，全都蒸发了，车窗再一次干净、透亮，仿佛什么都没有发生。

涂鸦，就是这么痛快！

小时候在农村，能玩的东西，只有树枝、泥巴和瓦片。几个小伙伴聚在一起，就玩一种抓瓦片的游戏，谁的瓦片输光了，就没得玩了，只能在一旁，看别人玩。手巧而快的人，每玩必赢，口袋里总是装满了瓦片，自己的和赢来的，这个人，后来成了村里的泥瓦匠，村里的房子，差不多都是他亲手盖的。手拙而慢的人，好不容易弄来的瓦片输光了，就拿根树枝，在一边的地上涂鸦。画一个山头，画一棵大树，或者干脆拿身边正在玩瓦片的小伙伴们做模特儿，画手，画脸，画人，画房子，画得不像，脚在地上来回一抹，就又成一块干净的地了，继续涂鸦呗。这个人后来到城里打工，先在工地上帮人搬砖，后来送快递，再后来开了自己的装潢公司。我觉得他们都是我们村里有出息的人。

我们在涂鸦的时候，也在有意无意地，在人生的白纸上，涂抹着自己的生活。

我的身上，没什么艺术细胞，但我喜欢涂鸦。以前用笔写作时，写着写着，忽然卡壳了，写不下去了，拿着笔，不知如何下笔。写了一半的稿纸，眼巴巴地白着。索性不写了。不写文章了，笔不能闲着啊，纸不能白着啊，我就涂鸦，画一个四不像的动物，或者画一个不男不女的人像，抑或写一个我偶尔想到的字，连着写十遍、二十遍、一百遍，一直写到发现这个字变陌生了，仿佛不认识了。更多的时候，我像一个第一次拿笔的幼儿，心随手，手随笔，笔随尖，在纸上来来回回地画着直线、曲线、抛物线，直到将整张白纸，画成了沧桑的大花脸。有时候涂着涂着，忽然灵感又冒出来了，赶紧重新拿一张白纸，规规矩矩写我的文章去。我以为前者叫涂鸦，后者叫写作，其实都一样，都是心灵的涂鸦，在一张白纸上，或自己的人生路上，留下那么一点儿印记。

涂鸦几乎都是随意而即兴的。在等公交车的时候，如果手头正好能找一截儿小树枝，或一根雪糕棍，我就愿意拿起它们，在地上涂鸦几笔。在小面馆等我的一碗"片儿川"的时候，如果我面前的桌子上，正好有几滴水，我喜欢用手指蘸着水滴，在面馆的小桌子上，涂鸦出某个图案。然后，看着它慢慢变干，消失不见，我的"片儿川"恰好端上了桌。

我的涂鸦，没有任何目的，自然也不会像有的地铁站内的涂鸦一样成为艺术。但它是我此刻的心情，也算得上我生活的一部分。一个人，不可能总是绷着脸和心情过日子，那太累了，涂鸦是另一种态度，也是另一类生活方式。我认识一个女子，每次出门，总是将自己精致地打扮一番，描眉涂粉，盛装而出。有一次，出门前，她照例在镜前给自己化妆，可是化着化着，突然心生烦躁，用描眉的画笔，在自己白净的脸上，一顿涂鸦，肆意，张狂，无序，将一张原本漂亮的脸蛋，涂抹得一塌糊涂，惨不忍睹。看着镜中自己的脸，她狂笑不止，心中第一次如此快活，如此自在。

涂鸦嘛，涂的和图的，就是一时之快呀。就像那个女子，最后洗净了脸，第一次素颜出门，抬头看一眼朗朗晴空，心中何其敞亮，何其痛快也。

# 体内的小偷

每个人的体内,都常住着一个"客人"——小偷。

它窃取你最多的东西,是时间。我们都知道,每天有二十四个小时,但你所不知道的是,这二十四个小时中,其实只有一部分时间,是真正属于我们自己的,比如除了你为工作、生活或兴趣,忙碌和享受的那部分时间以外,剩下来的,就都被它偷走了。在你昏昏沉沉时,在你百无聊赖时,在你无所事事时,在你沉湎沉沦时,它顺手牵羊,就将你大把大把的时间给偷走了。所不同的是,有的人视时间为珍宝,把时间盯得很紧,它能偷走的,就会少一些,而很多人,是整天整月地被偷走,倏忽一年,倏忽又一年,一生就被偷得差不多了。

对这个小偷来说,比较容易得手的,还有我们的健康。照理,健康是我们最宝贵的财富,每个人都应该倍加珍惜、悉心呵护才对,事实并不是这样。在我们还年轻时,我们以为健康的体魄,会伴随我们一辈子,所以,很多人总是挥霍无度,纵情享乐,殊不知，在你透支的同时，它也毫不客气地下手了，今天偷走你一滴热血，明天拿走你一克钙质，你却浑然未觉，但久而久之，你就被它挖空了。当然，它终究是你的客人，哪好意思总是白吃白拿你的东西呢，所以，在一点一滴地偷走你健康的同时，它一定会留下点儿什么，譬如肝脏里面留一点儿脂肪，肚腩上面留一坨赘肉，血管里面留一些胆固醇。它遗留下的这些定时炸弹，总有一天会爆发。

人到中年，谢顶了，两鬓斑白了，才发现黑发被偷得差不多了；牙龈肿胀了，松动了，才发现牙齿被一颗接一颗偷走了；脸上起皱了，肌肉萎缩了，才发现皮肤掩盖之下的血肉，被大浪淘沙一样掏空了；远的声音听不见了，近的东西又看不清了，才发现我们的视力和听力，都被它像风一样带走了。我们体内的这个小偷，总是偷你于无形，遁之则无迹，不知不觉中，慢慢地让你变得一无所有。

不要以为这个小偷是后来才住进你的身体里的，不是！可以说，从我们来到这个世界的那一天开始，它就不请自来，住进了你的身体里，与你的生命同呼吸。在我们成长的过程中，它偷走了你懵懂的童年，接着就偷走你意气风发的少年和青年，它总是伺机偷走你的一切。当你心怀理想时，它就做好了准备，偷走你的意志；当你踌躇满志时，它已经伸出了黑手，打算偷走你的理智；而当你消沉沮丧时，它更是毫不留情地下手，趁机偷走你的希望。

大多数的时候，与别的小偷一样，它都是趁你不备时下的手，我们短暂生命中的很多时间，就是被它这样悄悄偷走的。很多人直到生命的尽头，才发现、慨叹这一生怎么这么短、这么快，不是你的时间比别人少，而是你被它偷走的时间太多太多了。除了偷偷摸摸地偷之外，我们体内的这个小偷，也很擅长趁火打劫。你越是挥霍，越是无度，越是沉沦，它就越是偷性大发，将你生命中那些重要的部分，全部打包偷走。

是因为它偷术高明，才偷走了我们的一切吗？不是。其实，也有很多时候，它是明目张胆地偷，甚至可以说是光明正大地从你身上拿走的。那些你虚度的光阴，就是它当着你的面，大摇大摆地拿走的；当它顺走你的健康的时候，也是直截了当告知你，并给了你提醒和预警的，只是你从不在意而已；你的理想，你的信念，你的规划，你的梦想，也都是在你自己放弃的时候，它才顺手牵羊拿走的。它是小偷，是毛贼，也是江洋大盗，永远欲壑难填，偷是它的本性，也是它最拿手的把戏。

追本溯源，你就会明白，我们体内这个小偷，这个不体面的"客人"，干的所有的勾当，其实都是监守自盗，也就是说，正是我们自己，偷走了自己的一切。所以，防范它的唯一可行的办法，就是防范我们自己。

# 你被我磨光了

朋友借用我的电脑打印个材料,刚坐到电脑前,就急呼呼喊我:"你键盘上的 N 键呢?"一看,果然找不到 N,被磨光了。

我告诉他,B 和 M 之间那个键,就是 N。

朋友打好字,向我诉苦,总共打了不到一百个字,用了七八次 N,找了七八次。"你该换个键盘了。"朋友说。我笑笑:"不换,用顺手了。用这个键盘打字,我根本不用看键盘。别说一个 N 磨光了,就算所有的字母和符号都磨光了,我也照样可以熟练、顺畅地打出我需要的文稿。"

细看看,还真不止一个 N 磨光了,W 也磨掉了一半,看起来像个 V;R 的一撇,也被磨得差不多了,跟个 P 一样;还有好几个键,也有不同磨损。有趣的是,也有几个键是完好如初的,看不出任何磨损的印迹,字母完整,清晰,闪亮,一副楚楚动人的样子。只是这完好的背后,也隐约透着被冷遇的淡淡忧愁。

为什么单单一个 N 键,磨损如此严重?一定是被我常用的缘故。我用的是拼音输入法，说明我打字时，用得最多的，是声母 N。忽然很好奇，为什么我会如此频繁地用到声母 N？写到这儿，随手点开 N 键，跳出的第一个汉字是"你"。这么说，是因为"你"，N 被我磨光了。似乎也可以这么说，"你"被我磨光了。

N 是我的电脑键盘中，使用频率最高的一个字母，"你"则是我的文案和生活中，最重要的那个人。我用 N 与"你"对话，跟"你"表白，向"你"倾诉，吐露心声。就像在键盘上我一定离不开 N 键一样，在生活中，我一刻也离不开"你"。你可能是我的亲人，也可能是我的伴侣；你或许是我的同事，又或许是我的邻居；你也许是与我擦肩而过的人，也可能是我一辈子也不曾见过的人；你是空气，你也是阳光，你是水，你也是盛开在我生命中的花朵。在我的生活中，一定有无数的 N，无数的你，于我而言，你是如此重要，不可或缺。"你"被我磨损了，如美丽的容颜消逝，但你从没有远离我，你就安静地立在那儿，只要轻轻触及，我就能随时将你唤醒，你总是在我需要的时刻，随时出现。因为有了"你"，我的人生，亦如我的文案，方能文采斐然。

当然，我之所以会频繁地使用 N 键，一定也不止于"你"，就像我的人生，必还有其他重要的部分。排在第二位的，是"能"字，我想，这个字，一定也是我常用的。能，是一种可能性，也是一种肯定与赞赏，它频繁地出现在我的词汇中，是因为我的人生需要鼓励，需要不断地尝试，而生活总是慷慨地给予我们每一个人各种可能，使人生有奔头。

第三个跳出来的是"那"。那是一个人，远远地站在那儿，若即若离，若隐若现；那也是一个地方，是我们曾经去过的或者梦想落脚的一个地方。这是身边,那是远方;这是现实,那是理想;这是今天,那可能是昨天,也可能是明天;这是我们握在手心的,那是我们埋在心底的。人生因为这,而活在当下,人生因为那,而有了诗意。

朋友笑着打断了我的思绪,说:"我的键盘也有磨损,但与你的键盘,完全不同。"

朋友是搞财务的,他在电脑上打字时,用得比较多的,是数字键。朋友考我,猜猜,我的键盘上,哪个数字键磨损得最厉害?

零到九,十个数字键,以我的感觉和经验,我觉得应该是一。一生万物,亦生无数。朋友摇摇头,不是。连我自己都不敢相信,竟然是零。他说,他先后使用过几个键盘,每一个键盘,都是零这个键,最先磨损,跟我键盘上的那个N一样,磨光了,真正成了个零。我笑着说:"这就对了嘛,你们搞财务的,零可是个大数,多一个零,少一个零,相差十万八千里。有次我到某个集团采访,时任董事局主席说,他们的目标,就是每年增加一个零。当年集团的产值是几百亿,增加一个零,就是几千亿。这个目标,是多么了不起!"

朋友还告诉我,他的键盘上,空格键也磨损得特别厉害。这个键是键盘上最大的一个键,也是大多数人使用最多的一个键,虽然上面没有任何字母和符号,但是,你能看到一个清晰的磨痕。朋友说,不管是打字写文章,还是写数字填报表,抑或是在电脑上玩游戏,都要经常用到这个键。朋友感慨说,空格,留白,这不正是人生的某种境界吗?

如果你有兴趣,不妨也看看你的键盘,哪一个键,磨损得比较厉害,又有什么键,你不常用,甚至从不触及?你在键盘上留下的痕迹,就是你的行为和思想的印迹,是你人生留下的另一种脚印。小小的键盘上,有你人生的态度和方向,你往哪里走,你能走多远,你为自己的人生付出过什么,小小的键盘,都为你一一留存了,它会告诉你答案。

# 圈不同

暑假，朋友一家三口，出门旅游。

我是从微信朋友圈获悉他们旅游的消息的，每天也是从朋友圈看到他们的行程及所见所闻的。他们一家三口，都是我的微信好友，我也因而有幸从不同的视角，"追踪"着他们的这次旅行。

发朋友圈最多的，是妈妈，差不多每天都会发两三次朋友圈。以风景照、美食照居多，走到哪儿，看到什么风景，玩过什么项目，吃过什么美食，都一一拍下来，然后，精选几张，修景，美颜，发朋友圈。每次发的朋友圈，也一定有一两张自己的照片，有意思的是，每张照片，都是从同一个视角拍的，什么意思呢，就是永远是侧脸，且只有右侧。她是个大脸盘，侧脸照显得脸小，曲线分明。原谅我，每每看到她的侧脸照，都忍不住想笑，老是这么侧着，脖子不酸吗？

数量仅次于风景照的，是儿子的照片。不不，这不准确，真实的情况是这样的，大多数风景照里，都有她儿子的身影。她在拍风景照的时候，尽可能地将儿子的身影，也拍进照片。也可以这样理解，在她的眼中，风景是风景，儿子也是风景，它们是一体的。却鲜有儿子的大头照，也许是儿子不肯配合。儿子这个年龄，已经不愿意像个木桩一样，给父母任意摆拍了。或许，她拍的很多儿子的照片，都是偷拍的。我的孩子也是这样，自从读中学之后，就再不愿我们给他拍照，尤其是我们想让他与某处风景合影的时候，他觉得那个样子太呆、太次、太僵硬了。

爸爸也几乎每天发个朋友圈，但他的朋友圈，发的照片不多，且很少发满九宫格，经常只有那么一两张，顶多三四张。内容也简单，几乎全是风景照。他的朋友圈，更像是一个简单的行程单，昨天到了那儿，今天去了哪儿，仅此而已。但有一次例外，不但发满了一个九宫格，还连发了两个朋友圈，那是他们去参观了一个博物馆。我这个朋友，对历史特别感兴趣，每到一地，必要看看当地的博物馆。同一天，妈妈也发了朋友圈，九宫格图片中，只有一张她自己站在博物馆大门拍的照片，摆的造型，看起来很像我们在一些地方看到的四个大字"到此一游"。

孩子呢？他才是这次旅行的主角。像很多刚刚经历过高考或者中考的孩子，他们终于有了一个暑假，以前的暑假，不是淹没在作业中，就是奔命在各个所谓兴趣班间。朋友的孩子今年高考，考得还不错，这才有了暑假的这次全家旅行。他因为爱好写作，才与我这个小老头儿有了共同语言，还互加了好友。到了我这个年纪，朋友圈里还有几个非亲非故的少年朋友，自觉还是挺难得的。他平时就很少发朋友圈，可能是学业太紧的缘故，也可能是生活太单调，实在没有什么东西可发。但这次不一样，他第一次长途旅行，到了很多地方，见了很多风景和人，看到了天地的广阔。

他也确实发了几个朋友圈，并不是天天发，多是图片，配寥寥数语。他发的图片，却与他父母发的完全不同。有一天，发的全是天上的白云，那么蓝的天，那么白的云，就算我是在手机上看的，也仿佛伸手可触。还有一天，只发了一张照片，是一个路标，一根杆子上，横七竖八放了七八个路标，指示着不同的方向和目的地。他的刚刚开启的人生，不也是到了这样的路口了吗？也许他正是想通过这张图片，来表达自己内心的躁动、惶恐和期待？抑或他就是觉得好玩，只是觉得好玩，谁能真正知道一个少年的心思呢？

妈妈的朋友圈，点赞的人最多，爸爸的次之。准确地说，是我能看到的点赞，因为他俩的很多朋友，也是我的朋友或同事。孩子的朋友圈，点赞的最少，很多时候只有三个人，他的爸爸、妈妈，还有我。这是因为，孩子的朋友圈中，属于大人级别的，而我又认识的，只有我们几位。他的同学，他的伙伴，他结交的朋友们，与我们并不在同一个圈。

孩子发的朋友圈，我只要看到了，一定点个赞。不为别的，只为了我还能通过一个忘年交的眼光，来看看这个年轻的世界。我为他的朋友圈点赞，既是为他的青春点赞，也是回望一眼，我那早已远去的青春。

# 爸爸的大鞋

妹妹在家人群里,发了一个小视频,把我们都逗乐了。

她的小孙子,穿着爸爸的皮鞋,在家里走来走去。他的脚太小了,鞋太大了,走起来踉踉跄跄。左腿是迈出去了,右腿却没跟上,啪的一下鞋掉了,小脚丫子冲了出去,还差一点儿摔倒了。小家伙不甘心,赤脚走回来,把脚塞进去。等等,我用"塞"这个词,似乎是不准确的,那么大的鞋,那么小的脚,还用塞吗?但我细看视频里的娃,还真是用了吃奶的劲,用力将脚塞进去的,他是想尽量将他的小脚,塞进又宽又大的鞋帮里,这样走起来才能用得上劲吧。

这一次,他成功了,走出了好几步,这让他很开心,很得意,脸上有点儿骄傲的样子。他从客厅走到了卧室,又从卧室走到了厨房,好像在用爸爸的大鞋,丈量这个家的尺寸。有一次,他甚至试图打开大门,想要穿着这双大鞋,走出门去,可惜够不着门把手,开不了门。他回头看看,脸上是求助的表情,不过,很显然，他被拒绝了，穿着这么大的鞋出门，不安全呢。不能穿着大鞋出去，让邻居的小伙伴们艳羡，他也不急，不恼，继续穿着大鞋，很认真地在家里走啊走啊……

我们都笑翻了。正在读中学的小侄子，好奇而纳闷儿，他为什么那么喜欢穿他爸爸的大鞋啊，这很好玩吗？

"跟他一样，小时候你也穿过爸爸的鞋。"我们告诉他。

我也穿过。记得小的时候，有一天我们兄妹几个在家里乱翻，竟然从箱底翻出了一双军用皮靴，这是父亲从部队退伍时带回来的，他自己舍不得穿，压在了箱底。我们如获至宝，拿出来，端详，摩挲，嗅嗅它的独特气息。大妹妹说："哥，你试试？"这正是我想的。光脚丫子套进去，怕弄脏了，不敢在地上走，就爬上床，在床上走，从床的这头，走到床的那头，又从床的那头，走回床的这头。脚下的枕头和被子，软软的，大鞋踩在上面，真的像大船在水上漂浮着一样。靴子太大了，太沉了，很吃力，但我内心很兴奋，感觉自己就像个威武的将军。就连两个妹妹，后来也忍不住爬上床，穿上了爸爸的皮靴。她们的脚更小，力气更小，靴子帮都超过了膝盖，但这一点儿也不影响她们穿上爸爸的靴子时，那种激动和骄傲。

父亲回来后，发现了我们的秘密，他没生气，只是告诉我，这双鞋，是想等我长大了，脚能穿上了，就送给我，让我穿着它，去镇上的中学读书。也许就是从那一天开始，我就特别渴望长大，长大了，长高了，我的脚就穿得上这双靴子了，我就可以穿着它去镇上读书了。回头想想，我的生活，似乎从那天开始，有了明确的目标。后来我真的长大了，也真的考进了镇里的中学，我却并没有穿过那双父亲的靴子。它已经太旧了，款式太老了，它留在了我的记忆里，它助力了我的成长。

男孩子们一定都穿过爸爸的鞋，就像女孩子们一定都偷偷穿过妈妈的裙子一样。不是因为爸爸的鞋有多好，而是因为，爸爸的鞋比我们的鞋大，爸爸的鞋比我们的鞋走过的地方更多更远。我们对长大和远方，都充满了好奇和期待，在我们自己还不能实现这些之前，我们穿上爸爸的大鞋，就是想提前感受一下，成长和远足的滋味。不是因为妈妈的裙子，多么美，而是因为，妈妈的裙子上，留有她青春的气息，洋溢着爱的味道。

在我们长大之后，会发现，世界颠倒过来了，我们的老父亲，开始穿上了我们不再穿的鞋子和衣服，那些我们因为款式或别的什么原因，而打算扔掉的鞋和衣服，他们舍不得扔，穿上了。如果鞋子比他的脚还大的话，他就会在脚后跟塞点儿报纸，衣服太紧连纽扣都难以扣上的话，他们干脆就敞着。最搞怪的是年轻的款式，穿在他们发福衰老的躯体上，一点儿也不协调，但他们也从不嫌弃。所以，你在马路上看到一个穿着校服的白发苍苍的老人，不要笑话他，那衣服可能是他儿子的，也可能是他孙子的。

生命和爱，就是这么传递和轮回的。

# "我"没有偏旁

七岁的嘉嘉问我:"'我'字是什么偏旁?"

他正在学习查字典,恨不得把认识的字都查一遍。可是,"我"这个字,让他犯了难,不知道它的偏旁是什么。我告诉他,"我"是个独体字,没有偏旁,它的部首是"丿"。

恰如其名,独体字是个特立独行的存在,它们都没有偏旁,自成一体,孤独地,也桀骜不驯地,游走于浩渺的汉字世界中。独体字的笔画也很有意思,有的是离散的,每一笔每一画,都互不关联,永不触及,保持着一定的距离。比如"心"字,四个笔画,各居一隅,不远不近,若即若离,既互为厮守,又遥遥相望。人心这东西,还就得像"心"字一样,远了不亲,太近了,紧密地勾连在一起了,也未必是什么好事,往往徒生矛盾是非。心和心,维持一个适度的距离,反而相处融洽,关系更持久。

也不是所有的独体字,都是这么冷傲,我行我素,老死不相往来,有的独体字是抱成团的,密不可分的,如"人"字,虽只有简单的两个笔画，却紧紧地连在一起，不可分割。人与人的关系也一样，人的社会性决定了没有一个人能完全游离于他人之外，最好的状态是互为支撑，做一个不偏不倚的大写的人。也有的独体字，笔画是互为交叉的，如"夫"字。夫者，匹夫也，擎天承大之人也，是你，是我，也是他，是你中有我，也是我中有你，是抱团在一起顶天立地的汉子。还有的独体字，是既离散，又连接，还交叉，关系复杂，笔画多变，如"无"字。老子说，"万物生于有，有生于无"，一个"无"字，将世事看得通通透透。

老祖宗造的每一个汉字，都蕴藏着大智慧。

"我"没有偏旁，没有陪伴，"我"字因而是孤单的，寂寞的。我如"我"字，生而孤独。你看看，你、我、他三个字，唯"我"没有偏旁，"你"和"他"，有一个共同的偏旁——单人旁。那个单立人，就是我。而有时候，我却没有你和他。

每一个"我"，都是独立的，也是孤独的。

"长大"这个词，两个字也都是独体字，它们也没有偏旁。一个人在长大的过程中，一定得到过很多师长的养育、关爱和呵护，这是我们能长大的基础，也是我们的幸运。但是，成长的漫长旅途，又注定是孤单的，只能你自己去努力，自己去长大，没有人能替代你的成长。成长过程中所遭受的艰难、挫折与困厄，也只能你自己去面对、承受和消化，同样没有人能为你分担。当有一天，你能够独自面对这个世界，以及它的每一个挑战，你才是真正长大了。长大，注定了是一个人自己的修行。

汉字有数万之众，独体字不足三百，它差不多都是最常用的汉字，但就是这区区三百独体字，构筑了一个奇妙的文字世界，也准确而生动地描述了我们的一生。"人生"是两个独体字，它让我们明白一个道理，每一条人生道路，都只能靠我们自己行走，一路披荆斩棘，砥砺前行。"未来"也是两个独体字，它孤独地在远方等待前行的你。

  一个字没有偏旁，就像一个人没有背景，没有支撑，没有依靠，这没有什么关系，更没什么可怕，这正是"我"这样的独体字的独特标签。"我"踽踽而行，不迷失，不放弃，每一个"我"，都是独特的存在。

# 我只能抓住生活中极小的一部分

"你为这个家，做出了太大的牺牲。"

当别人都这么夸他的时候，他极力地摇头："不，那不叫牺牲。顶多说，我放弃了一些东西。"

他是家中最小的孩子，也是最聪明的。他的姐姐，考取了北京的大学，后来去了南方工作，成了一家单位的领导。他的哥哥参军，几年后考上了军校，现在转业到一个离家几百公里的城市工作。以他当时的成绩，考个比姐姐更好的大学，几乎没有任何问题。但是，高中毕业后，他竟然主动放弃了高考。没办法，当时姐姐和哥哥，一个大学还没毕业，一个刚刚入伍不久，再添一个大学生，家里根本负担不了。最关键的是，父亲在他高二那年，在地里干农活儿时，被毒蛇咬了，虽救下了命，右腿却从此落下重疾，再也不能干重活儿了。母亲在怀他时，就落下了病根子，从他十多岁开始，母亲的病情就渐渐加重，脑子也不好使了，赶个集，都容易走丢。可以说，整个家，风雨飘摇。家里还有十几亩地，这不但是全家活命的根本，也是资助哥哥和姐姐的唯一经济来源。父母却种不了地了，而且，眼见着他们俩的身体每况愈下，也越来越需要别人的照顾了。如果他这时候再考上个大学，那对这个家来说，非但不是什么好事，还无异于雪上加霜。

他忍痛做出了一个艰难的抉择，放弃高考，放弃大学梦。高中一毕业，他就回到了家，从残疾的父亲手上，接过了家庭的重担。

在父亲的指导下，他很快成了一把干农活儿的好手，种玉米，栽秧，割麦子……这些以前只是偶尔干的农活儿，现在成了他全部的生活内容。几个夏天下来，他就晒成了一个真正的黑蛋。他的小名叫黑蛋，但上学那会儿，他可一点儿也不黑，村邻常拿玩笑话夸他，明明叫黑蛋，偏长得像个白面书生。好在父亲虽然不能下地干活儿了，但双手还灵便，帮他操持家，每天从地里干活儿回来，喊一声"爸"，再喊一声"妈"，就有一口热乎饭吃。

庄稼的收成一直不错，几年下来，不但成功地资助了姐姐研究生毕业和哥哥军校毕业，他还将家里的房子翻盖了，四个房间，父母一间，他自己一间，姐姐和哥哥，也各留了一间。他是最小的孩子，却是最早结婚的，他需要另一双肩膀，与他一起挑起这个家。

姐姐结婚的时候，他只坚持了一件事，让姐姐从家里嫁出门。他是弟弟，他的家，就是姐姐的娘家。哥哥在城里买房子的时候，他将那年地里的收成，还有养的两头肥猪卖的钱，全汇给了哥哥。这个他们最小的弟弟，帮他们撑起了老家，并代替父母，给了他们力所能及的帮助。

这几年，姐姐和哥哥的生活，越来越好了。他们要帮衬他，都被他拒绝了。他对姐姐和哥哥说："你们好好在外面闯荡，家里有我，父母有我照顾，你们尽管放心。放假了，有空了，你们就回家来，陪陪父母。"

有一年春节，他的姐姐一家和哥哥一家，都赶回了老家，在一起过年。已经年迈的父母，笑得合不拢嘴。吃年夜饭的时候，大人围成一桌，小孩子围成一桌，欢天喜地。年龄最小的他，看起来比姐夫和哥哥还老。姐姐心疼他，说："弟啊，这些年辛苦你了，委屈你了。"他笑着说："辛苦是辛苦，但没啥委屈。不但不委屈，我比你们其实还多一点儿幸运呢。"看了看一旁的父母，他接着说："你看看，你们每年只能回来一两趟，陪爸妈的日子，两个巴掌就能数过来。我不一样，我能天天陪着他们。很多小时候的事情，你们都记不起来了吧，我记得呢，爸妈经常跟我唠叨呢。"

因为高兴，他酒喝多了，话也比平时多了很多很多。他说："年轻时，我也幻想过，跟你们一样，考上大学，离开家乡，去大地方闯荡闯荡。你们可能不知道，小时候，我也有很多梦想呢。我喜欢摄影，曾经梦想过，将来上了大学，找了工作，有钱了，就买个好的照相机，到全国各地去旅游、拍照，拍很多很多的照片。"他又对姐姐说："你们那个城市很发达，离香港又近，我在电视上看过很多港台剧，我年轻时想象过很多次，要是能像你一样，在那个城市上班，我肯定一到周末，就去香港，看看高楼大厦，也看看那些拍电影拍电视的地方。"姐姐说："那过完年，我就陪你去。"他笑笑："现在肯定去不了，爸妈这么大年纪了，我哪能离开家呢。"

那个团圆饭，是他们这个大家庭，唯一一次全家都在的年夜饭。一年之后，爸爸就去世了，又过了两年，妈妈也走了。他跟姐姐和哥哥说："爸妈不在了，你们有空了，还是要像以前一样，常回家来啊。"他为自己，也为了远在异乡的哥哥姐姐，坚守着老家。

有时候和村邻闲聊，他们还会替他惋惜，要是当初他也去读大学，今天就能跟他哥和姐一样，在城里享福了。他淡淡一笑："我现在这样不是很好嘛，自己种田，每天吃自己栽的蔬菜瓜果，安全又新鲜，每天呼吸着老家干净的空气，每天能和你们这些老伙伴唠嗑，多美的事啊。"可是，与他一起长大又一起变老的老潘说："你也因此失去了很多机会啊。"他再次笑笑："是的，我从小就有很多梦想，也知道这个世界上，有很多很多的精彩，但是，再丰富多彩的世界，你能抓住的，也只是其中很小很小的一部分，你得到了这个，就一定会失去许许多多的那个。我能服侍父母终老，我能为我的哥哥姐姐守着一个家，我能一辈子过着田园生活……这些，就是我能抓住的。我很知足。"

说得多好啊。我们这辈子，能紧紧地抓住属于我们的那部分精彩，虽微不足道，我们却没有白活过。

# 东西坏了修好它

老陈早晨倒垃圾时，发现垃圾桶里有一把伞。

这把伞他认识，那天他从老家来城里，儿子去车站接他，赶上下雨，他没带伞，儿子也没带伞，幸亏出口处有人叫卖伞。儿子便买了一把，也不贵，二十元。这才个把月，还没用过几次，怎么就扔了？

老陈从垃圾桶里拿出伞，撑开，原来是伞骨折了一根。看起来有点儿难看，像一个人塌了一边肩膀，还有点儿像一个瘪了半边嘴的老婆婆。老陈里里外外瞅了瞅，估摸着能不能修。正看着，儿子过来了，说伞坏了，他扔的。老陈说，这差不多还是一把新伞呢，修一修就好了，扔了多可惜。儿子说，修啥啊，一二十元的东西，值得吗？再说，哪里去修？老陈说，他啊，他来修。

儿子摇摇头，上班去了。老陈搬出工具箱，开始修理这把伞。没有别的伞骨，好在找到了一根铁丝，比伞骨略细，略软，但能凑合着用。将断了的伞骨拆下来，穿进铁丝，两头固定住，别说，还真修好了，撑收自如。从伞面看，换了伞骨的地方，略微塌陷，不够平整，美观是差了一点儿，像一个人有点儿塌的鼻梁，但你也可以将它想象成一把伞的酒窝嘛。这样一想，老陈嘿嘿一乐，粗胳膊粗手的，还能像个修伞匠一样，将一把伞修好了，老陈挺满意自己的手艺。

老陈看了看墙上的挂钟，自己修这把伞，用了差不多个把小时，儿子一定觉得不值，这一个小时，去小区里散散步溜达溜达多自在，或者窝在沙发上看一集电视剧不舒坦吗？哪怕坐在阳台上晒晒太阳，打个盹儿，逗逗小花猫，呷杯茶，不惬意吗？老陈不这么以为，他倒是感觉自己给伞换了一根伞骨，让它不成为废物，不被扔掉，能继续为家人遮风挡雨，这比做什么都香。

儿子家有个小阁楼，儿子一家十几年住下来，这个小阁楼事实上成了一个储物间，过季的东西，不用的物品，出了点儿小毛病用了不顺手，或者一时没空拿去修理的坏了的家具或家电，一个接一个，被请进了阁楼。一旦被放进了阁楼，这些物品，很快就被遗忘了，等于是被抛弃了。老陈从孙子那儿学到一个词——束之高阁，老陈觉得真形象，真准确。每次老陈从乡下老家来儿子家小住些日子，这个小阁楼，就是他最喜欢待的地方。

这次刚来的时候，天还很凉快，谁知老天一个炸雷，就把夏天召唤来了，一天天热起来。老陈记得儿子家有两三个电风扇，怎么现在一个也没有了？上阁楼一看，三个电风扇，都蜷缩在一个角落。老陈插上电，一个个试了试，一个电扇是好的，这好办，将它擦干净，每一个叶片都擦得一尘不染。另一个电扇，摇头不转了，却一直咯吱咯吱响，很像老陈当年养过的一头耕牛，脾气倔得很，它要不肯转弯，你怎么牵它的鼻子，呵斥它，甚至用鞭子抽它，都不管用。老陈年轻时，做过村里的电工，粗通电机，他觉得这个电风扇吧，跟那头老牛一样，犯了犟劲，来硬的肯定是不行的。拆开后盖，一眼就找到了毛病，被卡住了，难怪总是咯吱咯吱响，是自己跟自己较劲呢。还有一台电扇，毛病古怪得很，只有最高风挡可以用，旋钮调到一挡和二挡，它一点儿反应也没有。难怪孙子不肯用这台风扇，只呼呼地刮大风，一点儿也不懂得温柔，谁吃得消？这个问题应该更好解决，一定是控制板接触不良，果然，一挡和二挡，因为按钮揿不到位，通不了电，启动不了。

老陈差不多花了整整一天时间，将儿子家的三个电风扇，修好了，擦洗干净了，从阁楼上一个个搬下来。一个放在儿子的房间，一个放在孙子的房间，还有一个放在了餐厅。儿子问："你房间没电扇啊，我再买一个新的吧。"老陈直摇头："我又住不了几天，你们家要那么多电扇干什么？再说，我有我的风。"老陈摇摇手中的蒲扇，这是他从老家来时，老伴儿让带上的，老伴儿真是英明，有远见。

儿子家的阁楼，成了老陈待得最久的地方，儿子一家下班或放学回来了，没见到老陈，不用找，肯定是在阁楼上捣鼓呢。老陈花了差不多一个星期，将儿子堆在阁楼上的几把坏椅子，一把把都修好了。有把椅子，是座垫下面的横板断了，老陈也不知道从哪儿找来了一根短木料，将横板换了，再坐上去，屁股就不凹陷进去了。老陈最得意的，是将儿子坐过的那张旋转座椅也给修好了，那张椅子是儿子刚创业的时候买的，有感情，所以，虽然坏了，不能升降了，也没扔。木椅子好修，这种带机械的椅子，老陈哪里修过。他琢磨了好几天，才发现了其中的奥妙，愣是用小钢锯，在椅柱上开了一个口子，安上了几个插销，让椅子能够重新调节高度了。儿子看到老陈的成果，哭笑不得，说自己早就不坐这把椅子了，不必要修的，留它就是做个纪念。老陈心里稍稍有点儿失落，但他是这样想的，就算仅仅是纪念，你也得让它保持一个完好的状态不是？老陈还是挺有成就感的。

就像那把被老陈从垃圾桶里捡回的雨伞，老陈将儿子家的那些旧了、破了、坏了的物品，一个个都尽已所能修理好，让它们再次活过来，能够继续使用。这是他活了一辈子的理念，东西坏了，不是扔掉，而是把它修好。就像庄稼地，有时种过了一茬庄稼，地里的肥力就小了，甚至没了，你总不能就让它荒废下去，你得给它施肥，你得帮它翻整，你得让它重新焕发生机。老陈觉得，这才对得起一件物，或一块土地。

# 半称心

萧山南部有个很独特的习俗,每年的六、七月份,要过一个"半年节"。

此时年中,梅雨刚过,油菜、小麦收割不久,旱田里的花生刚刚开花,水田的稻子已经抽穗,墙上的镰刀,还沉浸在麦香中,等待着又一场收割季的到来。这是一年中,春收和夏收,两个收获季之间的短暂歇息。

农人们放下了铁锹和锄头,像过年一样,筹备着半年节。外出打工的人,也会赶回乡,与家人一起过半年节。他们将一年分开来过,农历的年底过新年,农历的六月底,过新半年。这个新字,是我加上的。上半年过去了,是旧的,即将到来的下半年是新的,可不是新半年吗?

我有幸受邀去体验过一个半年节。邀请我们的,是当地的一位副刊作者,白天他是个农民,弯腰在田里种庄稼,到了晚上,他是个写作爱好者,伏案耕耘文字。当地有很多人办厂,做生意,生活富裕，而他还只能自给自足，但他很满足于自己的状态。他觉得种田满足了他的日常生活，看书写文章，则愉悦了他的身心。他的一半是尚可温饱的世俗生活，另一半则是充盈的精神世界，还有什么不称心、不满足的呢？

我们的话题，就从这个"半"字打开。年过到一半，去年秋冬种下的庄稼，已经收割、归仓；春天播下的种子，也已开花、抽穗、灌浆，假以时日，就可以挥镰收割。他说，前有已经收割之果，后有遍地待结之实，不正是一年当中，最好的辰光吗？四、五月份，既要春收，也要春播，忙碌得很，再过一两个月，到了伏暑，也是既要夏收，又要夏播，以前叫"双抢"，抢收抢种，同样是忙得脚不沾地。唯有这年中有几天难得的闲日，可以放松自己，可以无愧地回望过去的上半年，也可以满怀期待地展望未来的下半年。

"半"这个字，很有趣味，什么事情，到了一半，就既没有了初始的忙乱、不安与焦躁，也还没有临了的张皇、无奈和失落。半是最好的状态。半是你已经走了一半的路，半是你做了一半的事，半是你吃了一半的饭，半是花苞刚刚打开……已经走到半路了，你还会害怕剩下来的路吗？事已经做成功一半了，你怎么好意思半途而废？吃到半饱，肚了有东西垫底了，不饿了，也不用那么狼吞虎咽了，正可以慢慢咀嚼，细细品味。半开的花，既存含苞待放之韵，也不失盛开之艳，又没有即将凋零之殇，岂不是一朵花最好的姿态？

半是什么？半是已经开始，到了半途，因而半不是一个空想家、臆想家，只停在原地做梦，它是个实实在在的行者。半是满怀了希望的。还有一半的路，等着它去走；还有一半的风景，等着它去发现；还有丰硕的果实，有另一半等着它去浇灌和采撷。半也是虚怀若谷的，它不会因为事已过半，就骄傲自满，也不会因为事才过半，而放弃放纵。半是在路上，正在路上，一旦你停止了，那就不叫半，而是废止；半是继续在路上，永远在路上，后面是它已经走过的路，前面是它即将踏上的路。

这真是一次难得的经历和对话，在年中之际，我们有幸在萧山南片的一个小山村，过了一个特殊的半年节，并深切体味到了半的生命哲学和半的人生况味。朋友环顾大家说，我们多已人到中年，为什么说中年是人生中最美好的年华？就是因为我们的人生刚刚过半，我们已经体验了童年的天真、少年的懵懂、青年的绚烂，已经或即将迎来人生的巅峰，以及无法逃避的迟暮之年。说到这儿，朋友忽然抛出一个问题——你称心吗？

我们的生活，我们的人生，当然有过称心，有过如意，但也一定经历过诸多的不称心和不顺意。每个人都一样。这方面你称心了，另一个人或事，你可能就不如意了。喜忧参半，苦乐不均，这是人生的常态。

朋友说，杭州灵隐寺有副楹联："人生哪能多如意，万事只求半称心。""半称心"，那就是人生最好的状态，也是人心最好的归宿啊。

# 一把起子的人生课

儿子扔来他的复读机:"哪里松了,接触不良,你给修修吧!"语气不容置疑。

儿子初三了,中考在即,复读机是他学英语的工具,这个时候坏了,是要坏事的。确实得赶紧修,立即修。但是,慢着,不是应该他自己修理吗?

从小,我就努力培养孩子的自理能力,自己的事情,能自己做的,自己做。两岁,他就学会了系鞋带;四岁,会自己叠被子;六岁,会用电饭锅煮饭,自己整理自己的房间,玩具拆了自己重新拼装……小时候,他比同龄的孩子都显得懂事,能干。他本应该沿着这条路,一直走下去的,他今年十五岁了,自理能力应该更强才对。可是,不知道从哪天开始,那些他原本应该自己做的事情,很大一部分,被妈妈和奶奶给做了,而且是抢着帮他做的。"赶紧看书写作业去!"这成了她们帮他做一切的最好理由。小学阶段,他一直是自己上学、放学的;进入初中后,学校离家远,虽有公交车，但每天我还是开车接送他。我倒不是心疼他，我心疼的是浪费在路上的时间——省下来的时间，可以做一张数学卷子，或者写一篇作文了。

你应该明白了，在儿子的学习成为整个家庭最重要的事情之后，所有的人，都围着它打转，为它让路，给儿子一切的便利。刚开始的时候，儿子自己也有点儿不适应，有点儿疑惑：怎么自己越长越大了，个子也高了，力气也大了，动手能力也强了，反而需要亲自动手的事情，越来越少了？但他很快就适应并享受起这个特殊待遇，以至现在早上的牙膏是妈妈帮挤好的，晚上的洗脚水是妈妈不冷不热调得正好的。而且，稍有怠慢，稍不如意，他还要吹胡子瞪眼睛，尤其是进入初三后，学业压力增大，他的梦想和他的实力，看起来又不匹配，他常常陷入焦虑、自卑、不安、苦恼之中，我们全家为此都变得更加小心翼翼。

我意识到了这是个问题，一个严重的问题。必须纠正。这个坏了的复读机，就是个机会。

我心平气和地对他说："儿子，你能自己修吗？"儿子不相信地瞪大了眼睛："下个星期就要期中考试了，我哪有时间？"我说："真要坏了的话，咱就重新买一个。也许只是哪个螺丝松动了，拧一拧就好了，不需要多少时间，正好可以乘机休息一下，老是看书做作业，多累啊。再说，你小时候不是特别喜欢拆玩具吗，修理这个，对你来说，也许只是小菜一碟……"还真说动了儿子，他答应自己来修理。

儿子问："家里有起子吗？""当然有。我帮你找。"我有一个工具包，起子、扳手、老虎钳，应有尽有。

我特意找了一把大起子，递给儿子。儿子接过起子，看看起子头，大如豆。儿子不满地说："老爸，你怎么一点儿常识也没有啊，这么小的复读机，里面的螺丝，肯定很小啊，你拿一把这么大的起子，怎么插进去，怎么拧啊？"我说："我还以为起子越大越好用呢，大起子个头大，劲也大，拧起来不费力。"儿子说："那也得大小合适啊。螺丝大，起子小，根本拧不动；螺丝小，起子大，压根儿就插不进去。再大的力气，你也使不上啊。"没想到，儿子懂的东西还真不少。我点点头，又去找了一把小起子来。

这个起子差不多。儿子接过去，开始拧螺丝，拧不动。不对啊，是螺丝生锈了吗？眯眼看看，没生锈，但儿子看出了问题，螺丝是平口，而我拿给儿子的，是一把十字起子，根本无法用。儿子问："老爸，有平口起子吗？""有是有，找起来费事，都是起子，大小也合适，将着用吧。""那怎么行啊，螺丝是平口，你给我的是梅花起子，根本不配套，用不了。"我说："这可是一把好起子，你看看，做工多精致，手柄多光滑……"不等我说完，儿子有点儿不耐烦了："再精致有什么用？你就是用钻石做的梅花起子，也拧不了一个铁的平口螺丝，这么简单的道理，你竟然不懂？"

我当然懂。亲爱的儿子，我是担心你不懂啊。这些话，我没有说出口，只是轻轻拍拍儿子的肩膀说："老爸再给你去拿一把适合的配套的起子。"儿子的这个复读机，我帮他修理过，那把小起子，还是我专门买回来的。

我找来那把起子，儿子用它拧开了螺丝，打开了复读机。果然是里面的一个接口松动了，儿子很快就修好了。

我夸奖了儿子。儿子将起子还给我时，忽然说："老爸，你看我像不像这把起子？拧不了大螺丝，但是，正适合这个小螺丝。"我有点儿莫名感动。不过，还没等我讲几句煽情的话，儿子突然又给了我一拳："你不就是借这把起子给我上一课，你以为我傻啊？！"

这一拳有点儿疼，但我的心，踏实了。

# 树活树的，我活我的

我说的是，那些做了我邻居的树。

我从旧居搬来的时候，它们就成了我的邻居。它们比我更早一点儿搬过来，与我搬家不同，它们不是主动搬过来的。一棵树，是生在荒郊野外，还是长在城里的小区里，是被移植到道路旁，做了行道树，还是移植到一个院子里，成为景观树。都由不得它们自己，树没有选择权。这些树，与别的小区里栽的树一样，都是在楼房造起来之后，栽种的。就没有一棵树是土生土长的吗？我住的这个小区，二十年前，还是郊区的一个小村，村里是长着树的，甚至还有几棵上百年的大树，但不是被砍伐了，就是被锯了头，连根挖起，卖到别的什么地方了。现在住在这个小区的，有不少回迁户，土生土长的人搬回来了，那些土生土长的树没能回来。如果树也会说话，一定跟我们这些住户一样，也是操着各地的口音。我们只听见了风吹过树叶，哗啦啦的声音，人们只用这个象声词来描述树的声音，以为它们是一样的，其实不同的风刮起不同的树叶，声音是不同的，只是人往往分辨不出。

我刚搬过来的时候，小区里的树，刚移植不久，大多是半死不活的样子。过了一个春天，又过了一个春天，它们才算真正活下来。没能活下来的树，被砍伐了，拉走了。我住在二楼，那时候，它们的身高都跟我家的阳台差不多高，我站在阳台上，或从卧室的窗户望出去，正好看到树顶。它们算是小树，跟我儿子一样，还是个小孩子。十几年过去了，我儿子长成了青年，树长得更高、更快。再小的一棵树苗，用不了几年，你就得仰视它。我有次到刚搬来的四楼的邻居家做客，他们家的阳台，与树冠一样高。我有点儿恍惚，以为是站在若干年前我自己家的阳台上。两层楼，是我的这些邻居树，长的高度，也是十几年的时光高度。

没事的时候，我喜欢坐在阳台上。二楼是个很好的楼层，俯身可以看到地上的草，目光顺着树干往上爬，稍稍仰头，就能看到树冠。小区里的野猫，被一只宠物狗追赶，刺溜蹿到树上，比我的目光爬得快。惊魂未定的野猫，瞄一眼大树下不甘心的宠物狗，知道它爬不上来，放心了，抬眼看了看头顶上浓密的树冠，猛然来了精神，它看到了一只鸟。也许是饿了，也许是想撒撒气，也许只是要找点儿乐子，野猫顺着枝丫，继续往上爬，蹑手蹑脚地接近那只鸟。鸟竟浑然未觉，叽叽喳喳地傻叫着，我替鸟捏了把汗，干咳几声，给它提个醒，我的咳嗽，没能引起鸟的注意，也没吓住野猫。等野猫即将接近的时候，鸟突然腾空飞起，也不飞远，只是从一个树冠，飞到了另一个树冠。野猫的眼神里，满满的失落。我哑然失笑，我，这只野猫，还有那只鸟，我们应该都是从乡下来城里讨生活的，游戏一下可以，"互撕"就不该了吧。

在我卧室的窗前，有一棵桂花树，是我最亲近的邻居。它长到与我的窗台差不多高，就不往上长了，只努力地往四周拓展，茂盛的树冠，夏天时正好挡住西晒的太阳。我喜欢关着窗户睡觉，热闹的市井声，吵得我睡不安稳。但到了农历的八月，整个月，我都会开着窗户，让这位邻居的香气，飘进来。我相信这位慷慨的邻居，也更乐意与我这个邻居分享它盛开的快乐吧。小时候，我在农村生活多年，嗅惯了邻居家厨房的气味，村子里，一家做好吃的，香味就会弥漫整个村庄。我已经很多年没有嗅到邻居的气息了，除了这棵桂花树。有一年，台风过境，小区里几棵更容易招风的大树，没有事，偏偏这棵并不高大的桂花树，被台风看中了，连根拔起。第三天，直到台风过后，物业才将它重新扶起来，为了让它能存活，他们将它的树冠都锯了，它成了一棵光秃秃的树。所幸它挺过来了。没过几年，它的树冠，又与我的窗台平齐了。有一天早起，拉开窗帘，看到它最高的枝头，在向我摇曳，像一位阔别多年重逢的老邻居。

我的这些邻居树，多数是常青树，一年四季，它们都是绿油油的，那些叶子，似乎从没有枯黄过，也从不凋零。这当然只是错觉，我在小区里散步，看到地面的落叶，就是它们的，只是它们的叶子太多了，新生一片，或飘零一片，没有人在意，它们自己也不因此得意或失落。不像我，时而欣喜，时而悲伤，时而忧郁，时而无聊。我不高兴的时候，在阳台上呼吸新鲜的氧气，我虽然看不见，但我渐渐顺畅的呼吸告诉我，是它们帮助了我。

我不知道，这些树，会不会像我认识它们一样，知道我这个邻居的存在。我看着它们的时候，千万片树叶，都是眼睛，回看着我。一棵树有这么多眼睛,世事一定看得比我们透彻。它看透了一切,所以才不说话,只哗啦啦地响,不管你有没有听懂。下雨的时候,我听不到雨落在二十八楼楼顶的声音,但我听到了雨点打在树叶上的声音,像鼓点,像马蹄声,像总是努力挣脱我们的身体去裸奔的心声。

  我在这个小区住了十几年,与这些树做邻居,也已十几年了,我们都活得不易,都在努力继续生活下去。树活树的,我活我的。

# 一碗面条的吃法

小区边有家面馆，生意火爆。我也常去吃。

店里的桌子，都是那种四人位，两两相对。因为食客多，常常一座难求，陌生人不得不拼桌。这使我在吃面条的同时，有机会看到各种有趣的吃面画面。

一次，坐在我对面的，是一对情侣。服务员将面条端来了，男的是牛肉面，女的是鸡蛋面。男的拿起筷子，将自己碗里的牛肉，一块一块，夹到了女的碗里。女的一边说够了，一边将自己碗里的煎鸡蛋，夹到了男的碗里。然后，两个人才开吃，稀里哗啦，很幸福的样子。

还有一次，对面也是一对青年男女，男的是香辣牛杂面，女的是鸡汤面。两人各自捧着自己的面碗，埋头吃。吃了几口，女的忽然把自己的面碗，往男的面前一推，男的心领神会，将自己的面碗，移到女的面前。两人继续埋头各自吃面。过了一会儿，女的一边嘘着气，显然是被辣的，一边将面碗又推到男的面前。

男的将自己的面碗，端到女的面前，继续吃。就这样，一碗香辣牛杂面和一碗鸡汤面，在两个人之间，像击鼓传花一样，吃几口，换一下，又吃几口，再换回来。

一对中年男女，坐在我面前。面条端上来了，是两碗青菜面。女的将两只碗并在一起，用筷子从一只碗中捞起面条，夹到另一只碗中。另一只碗里的面条，堆得小山一样。男的说："差不多了。"女的说："我不饿，你下午还要上工地呢。"男的说："那你多吃一点儿青菜。"说着，用筷子将面条多的那只碗里的青菜，全夹到了另一只碗里。两个人吃得很快，连汤汁都喝得干干净净。

曾经有一次，我身边坐的是一家三口，三个人各自吃着自己碗里的面。孩子那碗是大排面，大排很快就吃掉了，面却没吃几口。妈妈对孩子说："你再吃几口面条嘛。"孩子摇头说："我吃饱了。"妈妈将自己碗里的鸡块，夹到孩子碗里，说："那你再吃几口鸡肉吧，很好吃的。"孩子不耐烦地嘟囔了一句："你不要把你吃的东西夹给我好不好，这样不卫生，我不吃。"然后，便自顾自埋头玩起手机来。爸爸抬头看了孩子一眼。他将自己的面条吃完之后，又将孩子的面端过来，哗啦哗啦都吃完了。

一天傍晚，我去面馆吃面条。对面坐着一个姑娘。一会儿，她点的面条也端上来了，竟然是两碗，都是牛肉面。没想到，这样娇小的姑娘，一个人竟然能吃两碗面。我正暗自惊讶，姑娘拿起手机打电话，说："你快点儿啊，面条已经烧好了。"原来还有个伙伴。打好电话，姑娘拿起筷子，将一只碗里的牛肉，全夹到了另一只碗里。然后，开始吃面。过了一会儿，一个小伙子气喘吁吁地跑来了。姑娘说："快吃吧，面条都有点儿凉了。"小伙子看着面条,兴奋地叫了起来:"哇,今天这碗面,这么多牛肉啊!"姑娘笑笑。小伙子说:"你又把你碗里的牛肉,都夹到我碗里了吧?"姑娘还是笑笑。小伙子夹起一块牛肉,递到姑娘面前,姑娘笑吟吟地张开了樱桃小嘴……

这是我在家附近的面馆里,经常看到的一幕幕。它让我觉得,我们吃下的,不仅仅是一碗有营养的面条,还是一碗有营养且有滋有味的生活。